U0684252

人之初

国文学大师讲

陈思和

郜元宝　张新颖　等著

四川人民出版社

**图书在版编目（ＣＩＰ）数据**

中国文学大师讲. 人之初 / 陈思和等著. -- 成都：
四川人民出版社，2025.1
　　ISBN 978-7-220-13195-0

　　Ⅰ.①中… Ⅱ.①陈… Ⅲ.①中国文学—现代文学—
文学研究②中国文学—当代文学—文学研究 Ⅳ.
①I206.6

中国国家版本馆CIP数据核字（2024）第057049号

ZHONGGUO WENXUE DASHI JIANG: REN ZHI CHU

# 中国文学大师讲：人之初

陈思和　　郜元宝　　张新颖　等著

| | |
|---|---|
| 出 版 人 | 黄立新 |
| 策划统筹 | 李淑云 |
| 责任编辑 | 朱雯馨 |
| 装帧设计 | 李其飞 |
| 责任校对 | 申婷婷 |
| 责任印制 | 周 奇 |

| | |
|---|---|
| 出版发行 | 四川人民出版社（成都三色路238号） |
| 网　　址 | http://www.scpph.com |
| E-mail | scrmcbs@sina.com |
| 新浪微博 | @四川人民出版社 |
| 微信公众号 | 四川人民出版社 |
| 发行部业务电话 | （028）86361653　 86361656 |
| 防盗版举报电话 | （028）86361661 |
| 照　　排 | 四川胜翔数码印务设计有限公司 |
| 印　　刷 | 四川五洲彩印有限责任公司 |
| 成品尺寸 | 130mm×185mm |
| 印　　张 | 5.75 |
| 字　　数 | 98 千 |
| 版　　次 | 2025 年 1 月第 1 版 |
| 印　　次 | 2025 年 1 月第 1 次印刷 |
| 书　　号 | ISBN 978-7-220-13195-0 |
| 定　　价 | 48.00 元 |

## 本书著作者（以汉语拼音为序）

陈思和　复旦大学中文系资深教授、教育部长江学者特聘教授

陈晓兰　上海大学中文系教授

段怀清　复旦大学中文系教授

郜元宝　复旦大学中文系教授、教育部长江学者特聘教授

金　理　复旦大学中文系教授

李丹梦　华东师范大学中文系教授

孙　洁　复旦大学中文系副研究员

王宏图　复旦大学中文系教授

王小平　上海师范大学对外汉语学院副教授

文贵良　华东师范大学中文系教授

严　锋　复旦大学中文系教授

张新颖　复旦大学中文系教授、教育部长江学者特聘教授

张业松　复旦大学中文系教授

# ▶目 录◀

# 创造人的神已经死了

## 郜元宝讲鲁迅《补天》

我们有时候在文学作品中看到作家们描写个体生命的孕育与诞生。但文学描写这一生命现象，难度很大，因为个体生命在孕育诞生的阶段还只是极幼稚、极不确定的雏形，无法看到它将来更丰富的展开。

降生为人的起初只是血糊糊一团肉，除了哇哇哭两声，既不会笑，也不会说话，眼睛也睁不开。因此更多情况下，与其说文学作品描写了生命的孕育与诞生，倒不如说是描写了孕育和生下小生命的父母们的一段生命经历。但撇开个体，我们看人类群体的生命，也有一个孕育、诞生、更新、再造的过程。这个过程更加漫长，内容也更加丰富多彩。

小说《补天》没有专门描写具体某个人的诞生，但它写到人类群体的诞生，意义更重大，因为这一辉煌的创造和诞生所包含的无比丰富的生命信息，关乎我们每个人的存在，可以激发我们每个人对自己的生命展开严肃的思考。

《补天》完成于 1922 年 11 月，原来的标题叫《不周山》，最初收入 1923 年出版的鲁迅第一部短篇小说集《呐喊》，是《呐喊》最后一篇压卷之作。但 1930 年《呐喊》第十三次印刷时，鲁迅把《不周山》单独抽了出来。直到六年之后，也就是鲁迅逝世的 1936 年，由他本人编入他在后来的十三年里陆续完成的历史小说集《故事新编》，成了《故事新编》打头第一篇，标题也由《不周山》改为今天讲的《补天》。

只是改了题目，正文并无变动，但鲁迅在《故事新编·序言》中花了大半篇幅，反复说到他当初创作《不周山》、后来又改名《补天》并且加以重新编辑的经过，足见他对这篇小说的重视。

《补天》到底写了些什么呢？

简单地说，《补天》是鲁迅对女娲抟土造人、炼石补天的神话传说进行的一次极富个性的改写。

在中国文化中，造人和补天的神话传说出现得比较晚，内容也都很简单。关于女娲造人，宋代编辑的大型类书《太平御览》引汉代应劭的《风俗通义》说，"俗说：天地开辟，未有人民。女娲抟黄土作人，剧务，力不暇供，乃引绳于泥中，举以为人。故富贵者，黄土人；贫贱凡庸者，缒人也。"四十几个字，概括了流传到汉代的一则神话传说，内容很简单。

关于补天，也是汉代才编辑成书的《淮南子·天文训》说："昔者共工与颛顼争为帝，怒而触不周之山，天柱折，地维绝。天倾西北，故日月星辰移焉；地不满东南，故水潦尘埃归焉。"这也就只有寥寥四十几个字，内容同样很简单。

不仅造人、补天这两则神话传说的内容很简单，而且后世也并没有把它们太当真。这大概与"子不语怪力乱神"的儒家思想传统有关，所以根据这两则神话传说改编的作品很少，也并没有什么特别出色的。这就是中外学术界普遍承认的所谓中国上古神话传说不发达的现象。

但到了鲁迅这里，局面有了很大的改观。上述《风俗通义》《淮南子》里头短短九十几个字的内容，被鲁迅敷衍成将近六千字的一篇场面宏伟、设想瑰丽、故事发展跌宕起伏、细节丰富饱满的短篇小说。我下面讲的内容，跟原来的神话传说关系不大，主要都是小说《补天》的情节。


二


《补天》一开头写体魄健壮、精力充沛的巨神女娲不知怎么的，突然从梦中惊醒。

女娲醒来之后，觉得"从来没有这样无聊过"，就毫无目的、几乎是不由自主地按照自己的形象抟土造人。当她看到远远近近都布满了她双手所造的"和自己差不多的小东西"之后，就很诧异，也很喜欢，于是就"以未曾有的勇往和愉快继续着伊的事业"，一刻也不停息地进行着造人的工作。

她看到这些小人们不仅会彼此说话，还会冲着她发出笑声，就不仅惊诧，喜欢，称他们为"可爱的宝贝"，自己也"第一回笑得合不上嘴唇来"。

可见到此为止，女娲对自己所造之人很满意，也很喜爱。这就促使她加快了造人的速度，以至于身体疲惫，腰酸背痛，精力不济，情绪也变得焦躁起来。于是她就不再用双手抟着黄泥巴造人，而是随手拉起一根从山顶一直长到天边的长长的紫藤，在泥水里不停地摆动这根紫藤，由此溅起来无数小块泥土，落在地面，就又跟先前创造的那些小人们一样了，"只是大半呆头呆脑，獐头鼠目的有些讨厌"。

这是女娲没有料到的。

女娲更没有料到，就在她所造之人当中，很快就出来两个彼此争斗的帝王，就是传说中炎帝的后代共工和黄帝的孙子颛顼。

争斗的结果，共工败而颛顼胜。失败的共工"怒而触不周之山"，使"天倾西北"，"地不满东南"。小说写原来的世界因为共工、颛顼这么一闹，就一片混乱，"仰面是歪斜开裂的天，低头是龌龊破烂的地，毫没有一些可以赏心悦目的东西了"。女娲因为抟土造人，本来已疲惫不堪，这时又不得不用尽最后的气力来炼石补天。好不容易才将天给勉强地补了起来，女娲也就力竭身亡了。

以上就是《补天》的故事梗概。我们前面说过，《补天》是鲁迅对上古神话传说的改写，改写后的《补天》就不再是神话传说，而成了寄托作者思想的寓言故事，其中有几点特别值得思考。

### 三

鲁迅首先告诉我们，女娲造人并无什么目的，只是精力弥漫，不做点什么就"无聊"，"觉得有什么不足，又觉得有什么太多了"，于是就抱着游戏的心态，随手造出了人类。

这点很重要。原来女娲造人并无什么特殊意图，她对被造的人类也并无什么明确指令。女娲给予被造者充分的自由。她让被造者自己安排自己的生活，自己主宰自己的命运。但这样一来，人类作为被造者也就必须为自己的所作所为负责了！

女娲炼石补天，跟抟土造人一样，也不是特别要为人类做点什么，更不是为共工、颛顼的争霸带来的后果承担责任，只是她自己愿意、自己高兴这么做而已。

最后天是补起来了，但人类必须面对自己所造成和所遭遇的一切。如果再闹得天崩地裂，就不会有人来收拾残局了，因为有力量补天的女娲已经死去，她既不会命令人类做什么，怎样做，也不会为人类行为的后果负任何责任。

所以，《补天》告诉我们，人类从诞生之日开始，就必须独自面对自己的命运，独自探索人生的方向，而不能指望创造者来帮助自己。

实际上人类的创造者女娲并非全知全能，她没有料到会造出那样的人类，没有料到她所造的人类会弄出那么多的花样。

她唯一的命令是对海上的乌龟下达的，但顽皮的乌龟们有没有遵从她的命令，到了小说结尾还仍然是个疑问。

这就是五四时期典型的人道主义或人本主义思想。人怎么来不重要。也许有个叫女娲的大神起初创造了人类，但人类跟这个创造者无关。人类的一切只能依靠自己。创造人的神已经死了，她在创造的时候也并非全知全能，所以只有人才是宇宙的中心。

其次，女娲造人，并非施恩于人，祈求回报，而完全是自己愿意、自己高兴的生命力冲动的结果，好比男女相爱，自然就有了孩子，并非像现在有些人所说，夫妻双方要有目的有计划地"造人""造小孩"。那样造出之后，必然要将小孩看作自己的私有财产，对他们寄予厚望，提出种种要求，做出种种安排，让他们的生命成为父母生命的附庸。

鲁迅在五四时期有篇文章叫《我们现在怎样做父亲》，就猛烈抨击过这种父母本位的伦理观念。女娲造了人，却并不据为己有。父母在生理的意义上可说是造了小孩，但孩子的生命是独立的，父母不能据为己有，孩子也不能一生一世依赖父母。

再次，女娲所造之人并不完美。起初她觉得被她造出来的人类颇为有趣，但很快就发现不对头，那些小人们渐渐有了自己的文化，不仅懂得用树叶遮住私处，还发展出自以为是的一整套复杂的说法。比如在政治上，共工一方和颛顼一方就编造出各种理论，美化自己，攻击对方，动辄发动战争，弄得尸横遍野。他们都相信自己道德高尚，足以为天下立法，竟然批评裸体的女娲："失德蔑礼败度，禽兽行，国有常刑，惟禁！"

另外鲁迅还嘲笑了那些吃药修道、妄图成仙和长生不老的人，其中有道士，也有秦始皇和汉武帝。当然鲁迅讽刺最厉害的还是人类的虚伪与诡诈，比如他们本来要攻击女娲，可一旦占领了女娲的尸体，在那上面安营扎寨，就很快转变口风，自称"女娲氏之肠"，不许别人利益均沾了。

这些不完美，甚至根本性的邪恶，和女娲起初的创造有关：女娲用紫藤打出来的小人就比较粗劣，"大半呆头呆脑，獐头鼠目的有些讨厌"。问题是人类不能因此责怪女娲，这种责怪毫无用处，死去的女娲不会为人类的不完美负责。要让人性的不完美变得完美，只能依靠人类自己的努力，来进行重新的自我塑造。

以上这三点，可以说就是《补天》最主要的思想寄托。鲁迅写《补天》时四十一岁，距他青年时提出"立人"的学说过了十五年。《补天》完成后不久，1925年他又正式提出"改造国民性"的主张。鲁迅的创造新文化、再造新文明和新人类的思想可谓一以贯之。他注意到新文化有许多杂质，并非毫无瑕疵。强调这一点，并不意味着鲁迅的衰老与倒退，倒正是他成熟健康的标志。只有成熟健康的人，才不怕看到自身的不成熟不健康，才敢于并有能力进行更加美好的再创造，这就正如小说《狂人日记》抨击"吃人的人"，也是要为不再吃人的新人类的诞生做好准备。

描写新人类群体的诞生，特别是诞生之后的新人类群体，一开始就必须面对我们上面讲的三个根本问题，这就是《补天》对我们的启迪。

# 生命是在血泊中形成的

## 陈思和讲徐志摩《婴儿》

一

文学与人生为什么要从生命的诞生开始讲起？

因为文学就是人学，人的一生所有的活动都可以归纳为生命的运动现象，生老病死固然是生命的自然现象，喜怒哀乐也是生命对外界的反应。人生三大欲望，权力的欲望、物质的欲望和性的欲望，都是来自生命的冲动。所以，人生的道路就是生命百态，人的诞生就是生命的开始，人的死亡也就是生命的结束。从生命的开始到生命的结束这一段距离，就是所谓人生。文学写的就是人生的故事。

一般来说，人的生命诞生以前的事情，比如人类生命起源的问题，那是属于人类学的研究范围；人的生命结束以后的事情，比如人死了以后灵魂上天堂还是下地狱，是宗教关心的范围。而文学主要关心的是人的生命诞生以后到死亡以前这个阶段的故事，那就是人生。所以我们要讲对人生百态的理解，也就是对自己生命的理解，文学与人生的故事就是要从生命讲起。

今天我们要讲的是，生命的诞生。

文学是怎么来描写生命的诞生的？这个问题看上去好像很容易解答，其实不然，这是一个很难描写的境界。我们从巴金的《家》里读过瑞珏因为生孩子而死亡的故事；老舍在《骆驼祥子》里也写过虎妞生孩子难产而死，可是我们有没有发现，其实作家在这两个片段里描写的不是诞生，而是死亡？那是在控诉社会制度或者愚昧风俗的罪恶，而不是在歌颂生命的诞生。

那么，是哪一位作家真正描写了生命的诞生？依我的看法，现代文学史上第一个用强烈的生命意识来描写人类生命诞生的作家是鲁迅。1922年鲁迅创作了短篇小说《不周山》，是写女娲补天的神话故事。但这篇小说首先描写的，不是女娲补天，而是女娲造人。鲁迅非常生动地描写了女娲用泥土创造人的过程，但他的笔墨不是落在造人的泥土上，而是集中描写了一种强烈的生命意识，那就是弗洛伊德所谓的力比多，是人类强大的性意识把天地日月精华都融合在一起，这才创造了人类的生命，而泥土只是一个造人材料，反而变得微不足道。

继鲁迅以后，第二个直接描写人的生命诞生的作家是诗人徐志摩。我们今天要重点介绍他的诗《婴儿》。

二

徐志摩是一位抒情诗人，他的大多数诗歌作品都与他个人的感情经历有关。他的诗歌风格以轻灵缠绵著称，都比较甜腻。而我这次选了一首不仅在徐志摩的诗里非常少见，就是在整个中国现代文学史上也非常特殊的作品。在这首诗中，我们将看到一个陌生的诗人，也将读到一首陌生的诗。

《婴儿》不是一首独立的诗，它是通过一组散文诗来象征大时代的新旧交替。

1922—1924年，直系军阀和奉系军阀为争夺北京政府统治权，在华北地区进行了直奉战争，给人民带来深重灾难。徐志摩对这个恶劣的社会环境非常厌恶，他曾说，那个时候他过的日子简直是一团漆黑。每天深更半夜他无法入睡，就用手抱着脑袋伏在书桌上受罪，他说他感到整个时代的沉闷都压到了他的头上。

就是在这样的状态下，徐志摩创作了一组散文诗，一共三篇：第一篇《毒药》，第二篇《白旗》，第三篇就是《婴儿》。这组诗曾经被另外一位诗人朱湘称为当时流行散文诗里"最好的一首"。

在第一篇《毒药》里，诗人对那个黑暗的时代发出最恶毒的诅咒，诗歌节奏非常狂暴，所用的语言也非常恶毒，有点像法国诗人波德莱尔的《恶之花》，表达了诗人对这个时代绝情的否定。第二篇《白旗》，主题是灵魂的忏悔，白旗就是投降，就是说我们要改变这样黑暗的社会环境，重要的是我们自己要忏悔，必须要认识到这个时代之所以会变得这样坏，我们生活其间的每个人都是有责任的，有罪恶的。

我们只有清洗了自己的灵魂，新的理想社会才会像新生婴儿一样，在社会的阵痛中诞生。这就是第三篇《婴儿》的主题。所以说，从诅咒时代、忏悔人性，再到歌颂新的生命，这三个主题是紧密地联系在一起的，讲的就是一个大时代的新旧交替。《婴儿》就是一个象征，婴儿的生命诞生，象征了一个新的社会理想的诞生，象征着伟大的社会革命的到来。

但是这首诗写得太好了，诗人就是这么逼真地描写了一个女性如何在痛苦中生育自己的婴儿，使《婴儿》这首诗产生了独立的诗歌意象——赞美女性的伟大，歌颂生命的诞生。


三


《婴儿》作为一首独立的诗，篇幅不长。它分两个部分，每部分的开头都是一句——"母亲在她生产的床上受罪"。

第一部分是描写母亲在生育过程中所经受的巨大痛苦。诗人所用的每个词语、每个比喻，都是非常尖锐的，有时候很刺激，很怪诞，隐隐地联系着生命的极度痛苦。比如他这么描写：

> 她那遍体的筋络都在她薄嫩的皮肤底里暴涨着，可怕的青色与紫色，像受惊的水青蛇在田沟里急泅似的，汗珠站在她的前额上像一颗颗的黄豆，她的四肢与身体猛烈地抽搐着，畸屈着，奋挺着，纠旋着，仿佛她垫着的席子是用针尖编成的，仿佛她的帐围是用火焰织成的……

他描写了身体筋络在她皮肤里都涨大了，因为疼痛，颜色是可怕的青色和紫色，而且把筋络比喻成一条条蛇，在母亲身体里游动。然后就描写这个人物的四肢和身体，用了四个词：抽搐，畸屈，奋挺，纠旋。这个身体一会儿抽搐，一会儿屈在那儿，一会儿又挺直了，一会儿又在翻滚，整个就描写女性在生孩子的时候，疼痛得不能自已的情况。

然后他说：

　　一个安详的，镇定的，端庄的，美丽的
少妇，现在在绞痛的惨酷里变形成魔鬼似的
可怖……

前面用了安详、镇定、端庄、美丽四个词来形容
这个孕妇，表达的是这个孕妇在生孩子以前是一个非
常美丽端庄的女性，可是在此刻这样一个生孩子的剧
痛中，她却像魔鬼一样可怕。紧接着，就开始描写这
个妇女的眼睛怎样、嘴唇怎样、头发怎样，等等，
用各种身体器官都变形的细节、状态，来烘托人物所
受的那种痛苦：

　　她那眼，原来像冬夜池潭里反映着的明
星，现在吐露着青黄色的凶焰，眼珠像是烧
红的炭火，映射出她灵魂最后的奋斗，她的
原来朱红色的口唇，现在像是炉底的冷灰，
她的口颤着，噘着，扭着，死神的热烈的亲
吻不容许她一息的平安，她的发是散披着，
横在口边，漫在胸前，像揪乱的麻丝，她的
手指间紧抓着几穗拧下来的乱发。

到了第二部分，诗人重复了一遍"母亲在她生产的床上受罪"，但是接下来的具体描写就不一样了。第二部分还是写产妇的生产过程，还是写痛苦。可是诗人把关注点放到了产妇的精神领域，也就是说第一部分他要表现的是产妇在分娩过程中肉体经受的极度折磨，而第二部分则描写了她精神的欢悦。

肉体是痛苦的，可是肉体的痛苦她能够忍受，因为她的精神是欢悦的。因为她用肉体痛苦的代价，"守候一个馨香的婴儿出世"，所以诗人用了好几个转折句，"她还不曾绝望……""她还不曾放手……"，整个语调都变了，一种微微的暖气就升上来了。诗人写道：

> 因为她知道这苦痛是婴儿要求出世的征候，是种子在泥土里爆裂成美丽的生命的消息，是她完成她自己生命的使命的时机。

写得真好！如果是一个有过生育经验的女性读者，看到这段文字，也许在她的心里就会浮现出自己身体曾经有过的神秘而高贵的经验，生命中的每一个希望都产生在看似绝望的征候中。有时候我们陷入极其的痛苦绝望当中，但你要知道，希望可能已经不知不觉地隐藏在其中了。母亲之所以伟大，就是因为她既是生命的受难者，又是生命的孕育者。

所以，当有人问生命是从哪里来的，当代作家朱苏进说过这样一句话："生命是在血中形成的。"是的，生命是在母亲的血中形成的。我们每个人的生命都是带着母亲的痛苦，被母亲的血泊漂着送到人间。是母亲的血，把婴儿的生命染成一朵通体嫣红的花。

# 来到世上，就要面临考验

## 陈思和讲冰心《分》

一

在上一讲里我们讲了生命的诞生，那么，生命诞生以后会怎么样呢？

那就是人生的开端。

生命的诞生是平等的，每个人的生命都是从母亲的血泊中漂来的，都是一样的，但是生命一旦降临人世间，以后的命运就不一样了。每个人的人生道路都不一样，从生命离开母体的时候就已经被决定了。

当然，人生道路的分岔不是由生命本身决定的，而是由孕育生命的父母的社会背景所决定的。人生受制于社会，命运是与人生紧密联系在一起的。这就是冰心女士这篇小说的主题。

冰心是五四时期的著名作家，她是爱的哲学的鼓吹者。她的早期作品里充满了对母爱、情爱、人世间的一切爱的歌颂。但是这篇《分》是她在 1931 年所写，体现了作家对社会分化、分配不公现象的深深忧虑。

这篇小说写得非常有趣，是从一个刚刚离开母体的婴儿的视角，来叙述社会两极分化带来的不同的人生命运。叙述者是个婴儿，但他具有成年人的语言思维能力，而他说出来的语言，成年人无法听见，只有与他一样是婴儿的小朋友才听得懂。比如小说开始第一段是这样描写婴儿诞生的：

> 一个巨灵之掌，将我从忧闷痛楚的密网中打破了出来，我呱的哭出了第一声悲哀的哭。
>
> 睁开眼，我的一只腿仍在那巨灵的掌中倒提着，我看见自己的红到玲珑的两只小手，在我头上的空中摇舞着。
>
> 另一个巨灵之掌轻轻地托住我的腰，他笑着回头，向仰卧在白色床车上的一个女人说："大喜呵，好一个胖小子！"一面轻轻地放我在一个铺着白布的小筐里。
>
> 我挣扎着向外看：看见许多白衣白帽的护士乱哄哄的，无声地围住那个女人。她苍白着脸，脸上满了汗。她微呻着，仿佛刚从噩梦中醒来。眼皮红肿着，眼睛失神地半开着。她听见了医生的话，眼珠一转，眼泪涌了出来。

放下一百个心似的，疲乏地微笑地闭上眼睛，嘴里说："真辛苦了你们了！"

我便大哭起来："母亲呀，辛苦的是我们呀，我们刚才都从死中挣扎出来的呀！"

写得非常有意思，也很幽默。对照我们上节讲的徐志摩的散文诗《婴儿》，徐志摩写的是母亲生育过程的痛苦，而冰心写的是接下来的事情。婴儿生下来了，他与母亲，也是与人类进行对话，婴儿一出生就哇哇大哭，仿佛要向全世界宣告他们来到人间也很辛苦，是从母亲的生死一线中挣扎出来的。当然，这个辛苦也意味着今后他们将在人世间经受辛苦的考验。

接下来，作家着重写了育婴室里两个婴儿之间的交流。这个叙事的婴儿的父亲是一个大学教授，经济条件比较好，所以母亲生育孩子是住在高级病房里，为孩子购买的礼物都是高级的、漂亮的；而另一个婴儿的父亲是个杀猪的屠夫，居住、衣着条件都很差。

但是，两个刚刚来到尘世间的婴儿还是很友好地交流着彼此的信息，对未来世界充满了好奇。直到他们将要离开医院回到各自家中去了，这时候，护士们把婴儿在医院里穿的白衣服换下来，两个人换上了各自从家里带来的衣服，差别马上就出现了：

一个护士打开了我的小提箱，替我穿上小白绒紧子，套上白绒布长背心和睡衣，外面又穿戴上一色的豆青绒线褂子、帽子和袜子。……我觉得很舒适，却又很热，我暴躁得想哭。

小朋友也被举了起来。我愣然，我几乎不认识他了！他外面穿着大厚蓝布棉袄，袖子很大很长，上面还有拆改补缀的线迹；底下也是洗得褪色的蓝布的围裙。他两臂直伸着，头面埋在青棉的大风帽之内，臃肿得像一只风筝！我低头看着地上堆着的，从我们身上脱下的两套同样的白衣，我忽然打了一个寒噤。我们从此分开了，我们精神上、物质上的一切都永远分开了！

二

小说还隐隐约约地写到了一个细节：屠夫家婴儿的母亲奶水很充足，可是那个婴儿却无法享用母亲的奶水，因为他妈妈第二天就要到别人家去做奶妈赚钱，用奶水去哺育别人家的孩子，婴儿只能被送到乡下去，由乡下的祖母用米汤来喂养。

当然，米汤也是有营养的，但我们要说的其实不是这个意思。小说里有两次提到，那个教授家的婴儿的母亲没有奶水。虽然小说里作家没有明说，但是否在隐隐约约地暗示，屠夫家婴儿的母亲很可能是当了教授家婴儿的奶妈？这是非常有戏剧性的细节。作家没有明确写这个关系，但她从精心安排的细节来暗示，这个故事所要揭示的，就是教授家的婴儿很可能是靠着吃穷人家的奶水长大的。

这是一个很有意思的构思，20世纪30年代左翼文化思潮弥漫社会，冰心女士显然受了左翼思潮的影响。当时的知识分子大学教授，一般都出身于富裕家庭，他们接受了左翼思潮，就会自觉寻找自己与劳动人民之间的某种联系。而最直接，也可能是最接近生命的联系，就是奶妈。

奶妈当然属于劳动人民，而有钱人家的孩子吃了奶妈的奶水长大，就意味着他们曾经受过劳动人民的滋养。所以，在20世纪30年代的文学创作中，几乎同时出现了很多"奶妈"的文学意象。

比如左联五烈士之一的作家柔石创作了《为奴隶的母亲》，这个故事到现在还被改编为沪剧经常上演。诗人艾青创作了《大堰河——我的保姆》，里面写道：

我是地主的儿子；

也是吃了大堰河的奶而长大了的
　　大堰河的儿子。
　　大堰河以养育我而养育她的家，
　　而我，是吃了你的奶而被养育了的，
　　大堰河啊，我的保姆。

　　这首诗写得非常有感情。另外，还有小说家吴组缃的小说《官官的补品》，这也是一篇写地主儿子吃奶妈的奶长大的叙事。有兴趣的读者，可以找这些作品来读一读。

　　好，我们再回到小说文本来继续讨论。从徐志摩的《婴儿》，到冰心的《分》，我们从散文诗讲到短篇小说，仿佛看到了在作家的文学意象里，人的生命是如何从母体中艰难诞生，而生命一旦离开母体，就面临着严峻的考验。人生受制于社会环境，人一出生就被决定了自己的命运，就像那个屠夫家的婴儿，他一出生就明白了，自己将来也是要杀猪的。

三

　　有的读者也许会提出问题，照这么来理解，人的命运是不是从一出生就被经济环境和社会背景决定了？那么穷人的孩子怎么来改变自己的命运呢？

冰心在这篇小说里没有提供一个可行的方案。作家在小说里故意把这个穷人婴儿的父亲身份安排为屠夫，而不是一般的农民或者工人，这是为什么？

或许这是作家有意安排的。屠夫是以杀猪为生的，所以那个婴儿就说：

> "我父亲很穷，是个屠户，宰猪的。"——这时一滴硼酸水忽然洒上他的眼睛，他厌烦地喊了几声，挣扎着又睁开眼，说："宰猪的！多痛快，白刀子进去，红刀子出来！我大了，也学我父亲，宰猪，——不但宰猪，也宰那些猪一般的尽吃不做的人！"

这句话讲得很可怕，一个刚刚出生的婴儿就怀了这样一颗仇恨的心来到尘世间，其实这并不符合冰心一贯宣传爱的哲学的创作风格，但是竟然在冰心的小说里也出现了这样的句子，这可以看作是当时左翼思潮影响的证据，同时也是由客观生活所决定的。就连冰心那样温和的女性作家都看到了，如果社会两极分化越来越严重，仇恨就会像细菌一样飞速地在人的基因里蔓延开来，这是非常可怕的。

# 让不可能变成可能的新生命

郜元宝讲铁凝《孕妇和牛》

一

　　这也是一篇关于生命诞生的故事，但它还没有写到实际的分娩，而是集中描写新生命在母腹中孕育的阶段，就已经散发出一股强盛而美好的生命之气，犹如一股奇异的馨香弥漫全篇。

　　《孕妇和牛》故事很简单，说一个"俊得少有"的姑娘，从闭塞贫穷的山里嫁到相对开放富裕的平原，做了人见人爱的小媳妇。这小媳妇怀孕之后，丈夫、婆婆乃至全村人更是加倍喜爱她。她高兴就到处逛逛，可以什么都不做。

　　一天下午，小媳妇去镇上赶完集，牵着自家一头名叫"黑"的同样怀孕的母牛，走在回家的路上。小媳妇想着肚子里的孩子就要诞生，心中油然生起对未来的无限憧憬。这样边走边想，毕竟大腹便便，不知不觉走累了，就顺势坐在路边一块据说是清朝某个王爷陵墓的神道碑上。她以前也坐在这碑上休息过,这次却好像是头一回看到了石碑上还有"海碗样的大字",就小心地挪开屁股,只敢坐在石碑边沿上。就是说,小媳妇突然产生了类似"敬惜字纸"的那种心理。

不仅如此,她还突发奇想,向放学回家的小学生(一个本家侄儿)"要了一张白纸和一杆铅笔",然后蹲在(或趴在)石碑上(作者没明说),"好像便尽了她毕生的聪慧毕生的力",硬是一笔一画,抄下石碑上那十七个"海碗样的大字"。

等她重新站起来,就感到心里涌动着"一股热乎乎的东西"。这热乎乎的东西,"弥漫着她的心房。她很想把这突然的热乎乎说给什么人听,她很想对人形容一下她心中这突然的发热,她永远也形容不出,心中的这一股情绪就叫作感动"。

《孕妇和牛》的主题似乎很明确,又似乎很模糊。作者明确指出小媳妇在孕育生命的过程中有了一种"感动",但这"感动"究竟有哪些具体内容,作者还是不肯明说。

从《孕妇和牛》1992年发表至今,铁凝笔下这位小媳妇的"感动",不停地感动着一拨又一拨读者,而一拨又一拨读者又不停地讨论着(甚至争论着)这小媳妇的"感动"究竟是什么,作者这样描写小媳妇的"感动",尤其是"孕妇抄碑"这件事,究竟符不符合生活与艺术的真实。

<br>

二

<br>

要解答这个问题，还得从那块石碑以及石碑所属的陵墓说起。

其实小说中的清朝王爷的陵墓并非虚构，乃是康熙第十三子爱新觉罗·胤祥（生前被封为怡亲王）的陵寝，位于河北省保定市涞水县石亭镇东，属国家重点文物保护单位。

石碑上的字也很有来历。原来雍正皇帝特别器重他这位小弟弟胤祥，曾赠给他御笔亲书的八字匾额，叫作"忠敬诚直勤慎廉明"，以示褒奖。怡亲王死后，雍正十分悲痛，加封谥号为"贤"，落葬时又追加"和硕"二字，这就有了小媳妇所抄录的"忠敬诚直勤慎廉明和硕怡贤亲王神道碑"十七个大字。

生活中的小媳妇可能听人说过怡亲王陵墓、陵墓前方高大的汉白玉牌楼、石碑以及碑文的来历，但小说故意强调小媳妇对这一切知之甚少。她曾问丈夫，那都是些什么字。丈夫比她好一点，不完全是文盲，但详细情况也不清楚，因他只念过三年小学。丈夫还说："知道了有什么用？一个老辈子的东西。"

既然小媳妇对碑文一无所知，她丈夫也对此不屑

26

一顾，那她为何如此看重这十七个字，费那么大功夫，一个一个"描"下来呢？这是否违背了生活的逻辑？作者是否拔高了小媳妇的思想境界，或者把小媳妇写成了一个疯疯癫癫"不着调"的人？

这是对《孕妇和牛》最主要的质疑。

其次还有人说，一个从来没拿过笔的文盲，不可能"描"下那十七个字。强有力的旁证，就是鲁迅写阿Q被人强逼着画圆圈。阿Q用尽吃奶的劲儿，使出"洪荒之力"吧，也才画出瓜子样的圆圈。就算小媳妇心灵手巧，她也不可能完成这个抄碑文的工作，毕竟写字跟画圈，有着天壤之别。

还有人指出，小媳妇借来的小学生铅笔，通常要么削得马马虎虎，要么削得尖尖细细，初次捏笔的小媳妇肯定无法控制用笔的力度，因此除非那块石碑非常光滑，除非小媳妇无师自通，第一次就掌握了用笔的力度，否则铅笔尖很快就会写秃掉。而且小说只强调小媳妇如何用力，如何耗时甚久，没说她是否反复涂改。给人印象，好像是她一气呵成，抄下了这十七个字。这怎么可能呢？

再者，怡亲王神道碑文是满汉两种文字并列。小媳妇肯定分不清，她很可能一口气描下紧挨着的满汉两种文字。这难度就更大了，更加不可能了。

# 三

上述问题并非近年才提出。

早在 1993 年，也就是小说发表的第二年，非常欣赏铁凝的老作家汪曾祺就听到过类似意见。汪老的回答是："铁凝愿意叫小媳妇描下来，为她肚子里的孩子描下来，她硬是描下来了，你管得着吗？"汪老好像生气了，其实不然。他所谓"为她肚子里的孩子"，其实已经点出了铁凝为何敢那么写的根据。

要知道，赶集回家的路上，小媳妇一开始并没想到要去抄碑文。为何不迟不早，偏偏在那一天发生了抄碑文的想法，并且想到就做到了呢？

很简单，因为那天不比往日，小媳妇肚子里的胎儿更大了。

小说写道，"她的肚子已经很明显地隆起，把碎花薄棉袄的前襟支起来老高"。这正是母性意识越来越强烈、越来越自觉的时候，所以她才意识到家里的母牛也怀孕了，"她和它各自怀着一个小生命，仿佛有点儿同病相怜，又有点儿共同的自豪感"。一路上，平常对母牛并无好感的小媳妇，这一回竟然特别爱惜母牛，不仅舍不得骑它（婆婆把母牛牵出来就是给她骑的），还一个劲儿地跟母牛说话，几乎把它当作贴心贴肺的闺蜜了。

小媳妇母性意识的觉醒与强烈，还表现在她看到一群小学生放学时的遐想。她想将来她的孩子"无疑"要加入这上学、放学的队伍，"无疑"要识很多字，"无疑"要问她许多问题，"无疑"也要问起这石碑上的字。作者连用四个"无疑"，表达的是小媳妇对孩子的将来极其热切的憧憬，也是对尚未出世的孩子深深的母爱。

正是在这种母性意识和母爱的驱使下，小媳妇才毅然决定把这些字抄在纸上，带回村里，"请教识字的先生那字的名称，请教那些名称的含义"。她不只是抄下这些文字，还打算好好学习呢！

为什么？

因为"她不能够对孩子说不知道，她不愿意对不起她的孩子"。所以等到她千辛万苦，终于把描下那十七个字的白纸揣进怀里时，"她似乎才获得了一种资格，她似乎才真的俊秀起来，她似乎才敢与她未来的婴儿谋面。那是她提前的准备，她要给她的孩子一个满意的回答"。

很显然，铁凝不是写别的，而是写小媳妇日益觉醒的母爱，写她在母爱的驱使下，做了一件别人以为不可能的事，所以汪曾祺才说："为她肚子里的孩子描下来（那些字）……你管得着吗？"作者通过"孕妇抄碑"这件事，赞美了母爱的伟大与美好。诚如汪曾祺所说："这是一篇快乐的小说，温暖的小说，为这个世界祝福的小说。"

## 四

　　但是还有一个问题：铁凝为何不给这篇小说起名叫《孕妇抄碑》，而偏偏叫《孕妇和牛》呢？上面提到小媳妇认为自己跟怀孕的母牛同病相怜，此外怀孕的母牛还有什么别的寓意吗？

　　我想，小说之所以在写"孕妇抄碑"的同时频频写到"孕牛"，主要是"孕妇"找不到别人做倾诉的对象。她对石碑上的"字"发生的感情和想象，乃是一种无法跟周围人交流的"感动"，所以小媳妇"充满着羞涩的欣喜"。之所以"羞涩"，是因为小媳妇知道，这样的感动不但自己说不清，也很难与人分享。但既然是感动，就想有个交流的对象，她却找不到适合的人一诉衷肠，她丈夫只读了小学三年级，只知道下苦力干重活，肯定也不能理解，那么将同样怀孕的母牛想象成贴心贴肺的闺蜜，也就顺理成章了。

　　有人把"牛"的地位抬得太高，像小媳妇那样赋予母牛某种善解人意的灵性，这未必妥当。小媳妇可以这样做，但读者不能。小媳妇选择母牛为倾诉对象，乃是不得已。如果她能找到适当的人倾诉心中的感动，她就不会跟母牛说话了。

小媳妇只能与母牛交流母爱，她预感到，周围人不会理解她表达母爱的具体行为——为肚子里的孩子抄碑文。不仅不理解，还会讥笑，嘲弄。他们会说，这小媳妇俊是俊，可就是有点傻，有点痴嘛！

小媳妇为何会有这种预感？因为这平原地带虽然比她山里的娘家富裕开放，却并不是一个爱惜文字的地方。那刻着文字的石碑，早就被无数的"屁股们"磨得很光滑。小媳妇先前也是不假思索，就那么坐下去的。

再上溯到多年前，当地还有过破坏文物古迹的疯狂行为。那高高的汉白玉牌楼，若非婆婆的爹领着村里人集体下跪，差点就被城里来的年轻人用炸药给炸了。婆婆的爹保住了牌楼，却未能保住石碑。石碑本来由石龟驮着，那伙年轻人硬是把它推倒，让它常年躺卧在地上。疯狂的年代过去了，后果却很严重。比如小媳妇的丈夫就只念到小学三年级，他对文物古迹不屑一顾，无法理解妻子的想法。

其实对怡亲王陵墓的破坏还不止20世纪60年代中期那一次。早在1925年和1935年，以及日本侵略者侵占时期，就有过三次严重的破坏。一连串的破坏消灭了人们对文物古迹的敬畏和爱惜之心。当然在小说中，陵墓、牌楼和石碑也不仅仅是文物，而是小媳妇朦胧认识到的文化的象征。但是在那样的文化环境中，小媳妇描下碑文给将来的孩子看的这个想法，就只能跟冥顽不灵的母牛倾诉了。

所以，母爱不仅让小媳妇做了一件大家认为不可能的事，也让小媳妇顶着压力，做了一件她只能跟母牛交流的事。这样看来，那正在孕育新生命的母爱，或者说那正在孕育、还未诞生的新生命本身所发出的馨香之气，是多么强盛，多么美好。

小说《孕妇和牛》所要传达的，就是新生命孕育之时所特有的那股强盛而美好的馨香之气。

# 如何面对有缺陷的人生

郜元宝讲郭沫若《凤凰涅槃》

一

《凤凰涅槃》的内容很简单，不用多介绍。需要稍加解释的是，《凤凰涅槃》前面的两小段散文性的说明，交代了"凤凰涅槃"这个说法的来历和寓意：

> 天方国古有神鸟名"菲尼克司"（phoenix），满五百岁后，集香木自焚，复从死灰中更生，鲜美异常，不再死。
> 按此鸟殆即中国所谓凤凰。雄为凤，雌为凰。《孔演图》云："凤凰火精，生丹穴。"《广雅》云："凤凰……雄鸣曰即即，雌鸣曰足足。"

郭沫若说"凤凰涅槃"这个典故是从天方国来的，天方国的"菲尼克司"就相当于中国古代的凤凰，这个"菲尼克司"五百年一个轮回，必须收集很多香木，把自己烧死，然后浴火重生。中国古代称阿拉伯地区为"天房国"，因为那里有著名的"天房"，即圣地麦加的圣殿克尔白。后人以讹传讹，把"天房国"叫成"天方国"。阿拉伯文学故事集《一千零一夜》也将错就错，译成《天方夜谭》。但阿拉伯传说中的不死鸟"菲尼克司"并非中国人所说的凤凰。

郭沫若将"菲尼克司"五百年集香木自焚而"更生"（复活）的传说，嫁接到中国古代传说中的神鸟凤凰，是五四时期典型的做法，即采用外国文化来改造中国固有文化，以促使中国文化的更新与再造。我们要看《凤凰涅槃》的中心寓意在于凤凰的浴火重生，不必太计较郭沫若将阿拉伯的"菲尼克司"比附为中国的凤凰是否妥当。

《凤凰涅槃》借"菲尼克司"五百年集香木自焚并从死灰里复活的传说来讴歌新生命、新文明、新宇宙的重生与再造，同时也看到凤凰之外其他"群鸟"的种种丑态，所以《凤凰涅槃》跟《补天》一样，也有其现实主义冷静清醒的一面。

《凤凰涅槃》中的"群鸟"以为凤与凰积木自焚并无意义，只是自寻死路。它们以为机会来了，一个个跃跃欲试，想取而代之。比如岩鹰，要趁机做"空界的霸王"；孔雀，要别人欣赏它们"花翎上的威光"；鸱枭（猫头鹰）闻到了它们最爱的腐鼠的味道；家鸽以为，没有凤凰，它们就可以享受"驯良百姓的安康"了；而鹦鹉，趁机亮出了"雄辩家的主张"；白鹤则要请大家从今往后看它们"高蹈派的徜徉"。

这些是郭沫若象征性的描写，但所有这些"群鸟"的丑态，最后都淹没在凤凰涅槃的无边光彩中。凤凰在烈火中死而复生，"群鸟"就消失得无影无踪。它们的扬扬得意，只是一个无伤大雅的小插曲。

从这里我们就可以看出《凤凰涅槃》与《补天》的区别。《补天》既写到女娲辉煌的创造，也让我们真切地看到紧随其后的破坏与毁灭，而这破坏和毁灭恰恰出自女娲所创造的人类之手，连女娲也看不懂，为什么她创造出来的人类竟如此虚伪而残忍，她甚至后悔创造了它们。

所以，《补天》真正要表达的问题是在小说结束之处才真正展开，就是人类该怎么办。而《凤凰涅槃》的结尾就是它所有故事的高潮，是苏醒、复活、更新的凤与凰尽情的歌唱：

> 我们欢唱，我们翱翔。/我们翱翔，我们欢唱。/一切的一，常在欢唱。/一的一切，常在欢唱。/是你在欢唱？是我在欢唱？/是他在欢唱？是火在欢唱？/欢唱在欢唱！/欢唱在欢唱！/只有欢唱！/只有欢唱！/欢唱！

/欢唱！/欢唱！

　　凤与凰满心喜悦地迎接崭新美好的世界，满心喜悦地拥抱自己的新生命。而《补天》结尾则是不知其丑陋的人类尽情享受杀戮的快感，并自以为是地建设虚伪可笑的"道德"。他们也在迎接新世界，但这个新世界埋伏了太多的危机，需要引起我们足够的重视。

　　显然，鲁迅所写的是人类群体起初一次性的并不完美的被造与诞生，郭沫若写的则是生命在起初并不完美的被造之后，由人类自己完成又一次的更新与再造。《凤凰涅槃》虽然比《补天》早两年写成，在内含的寓意上却仿佛是接着《补天》的故事往下讲：起初被造的生命因为不完美，所以必须像凤凰一样浴火重生，再造一次，迎接生命的第二次诞生。

　　总之，《补天》写人类生命起初的被造，《凤凰涅槃》则写人类自己完成的生命更新与再造。《补天》和《凤凰涅槃》一前一后，在中国新文学最初阶段提供了两个巨大的象征，分别代表生命诞生的两种形态：一种是起初的被造，是一次性的，并不完美；一种是人类自己进行的自我塑造，重新地诞生一次。

# 二

　　说到《凤凰涅槃》，就不能不说一说创造社所崇奉的"创造"这个理念。到底什么是创造社的"创造"？他们的宣言是这么说的：

　　　　上帝，你如果真是这样把世界创出了时，/至少你创造我们人类未免太粗滥了罢？/……上帝！我们是不甘于这样缺陷充满的人生，/我们是要重新创造我们的自我。/我们自我创造的工程/便从你贪懒好闲的第七天上做起。(《创世工程之第七日》)

　　原来，创造社所谓"创造"，就是不满上帝创造的工程，他们号称要在上帝休息的第七天开始人类自己的创造。这种创造，包括对客观世界的改造，也包括对人类主观的再造。凤凰浴火重生，就包含了主客观世界一同更新和再造的意思。

　　无独有偶，鲁迅小说《兔和猫》也说，"假使造物也可以责备，那么，我以为他实在将生命造得太滥，毁得太滥了"。这段话容易引起误解。我讲《补天》时强调过，人类没有必要也不应该责备女娲。女娲是抟土造人、炼石补天的创造者，她的创造只是自己乐意，

37

自己高兴，在多余的生命力驱使下完成的工程。上帝创造天地万物，又按自己的形象创造人类，然后在第七日歇了他的工作。女娲造人补天之后不仅歇了她的工作，也结束了她的生命。因此责备女娲是不应该的，也是没有用的。

人若对世界、对自身有所不满，就必须依靠人自己进行新的创造，迎接新的世界和新的人类的诞生。鲁迅在杂文中就曾经呼吁中国的青年行动起来，推翻人肉宴席一般的旧世界，创造"中国历史上未曾有过的第三样时代"（《灯下漫笔》）。这样看来，《兔和猫》这篇小说所谓"假使造物也可以责备"，就真的是一个用"假使"开头的比喻性的说法，鲁迅实际上想责备的并非"造物"，而是不完美的人自己。

因此在鲁迅的思想中，合乎逻辑地包含着《凤凰涅槃》的"创造"的思想。鲁迅与郭沫若的文学风格迥然有别，但心是相通的。他们都要凭借人自己的力量，重新创造不完美的世界和同样不完美的人自身。他们把这不完美归罪于"上帝"或"造物主"的粗制滥造或"贪懒好闲"，都只是一种比喻，意思是说，客观世界和主观世界的缺陷，不管来自怎样一种强大的力量，人都可以不予承认，人都可以重新来过。

如此肯定人的价值，相信人的力量，高举人的旗帜，正是五四时代的最强音，在这一点上，鲁迅和郭沫若可谓心心相印。1926年鲁迅南下广州，目的之一就是要跟创造社联手，结成统一战线。创造社的主将是郭沫若，跟创造社联手，也就是要跟郭沫若联手。

可惜鲁迅到广州，郭沫若却奔赴了北伐战争的前线。现代文坛"双子星座"，正如郭沫若自己所说，终于"缘悭一面"，失之交臂。

但这个遗憾还可以弥补：我们不妨把《凤凰涅槃》和《补天》放在一起欣赏，那么中国新文学如同日出一般磅礴壮丽的开篇，就可以看得更加清楚。新文学的主题是新人类的诞生，以及新人类诞生之后必须面对的处境与必须承担的使命。

这仍然是我们今天必须思考的处境和使命：生命的诞生是一次性的，生命的更新与再造却永无止境。

# 戏在台下

郜元宝讲鲁迅《社戏》

一

《社戏》，是鲁迅第一部短篇小说集《呐喊》的最后一篇，大家都很熟悉，中小学语文课本经常会选到这一篇。

《社戏》主要写一群小孩子，写他们幸福的童年。

其实鲁迅很喜欢描写小孩。《呐喊》一共十四篇短篇小说，至少有十一篇写到小孩。但鲁迅笔下的小孩，一般都很悲惨。

《狂人日记》《风波》里的小孩被父母打骂得很凶。《孔乙己》里的学徒被掌柜欺负得很厉害。《药》和《明天》里的小孩都病死了。《阿Q正传》里的小孩当了假洋鬼子的替罪羊，被阿Q骂作"秃驴"。《故乡》里的孩子们饱受小伙伴的分离之苦，闰土的几个孩子更是可怜。

面对这么多不幸的小孩，难怪《狂人日记》最后要发出"救救孩子——"的呐喊。

《呐喊》最后这篇《社戏》，画风大变，大写特写幸福的童年，这大概就是鲁迅本人对"救救孩子"这声呐喊的回应吧。

一部《呐喊》，是以《狂人日记》"救救孩子——"的呼喊开篇，再以《社戏》中一群孩子的欢声笑语结束。鲁迅笔下的中国故事，因为《社戏》，就有了一条光明的尾巴。

《呐喊》最后，紧挨着《社戏》，还有《兔和猫》《鸭的喜剧》这两篇，也是写小孩，也是写快乐的童年，显然是一个整体，而且这三篇鲁迅所署的写作日期，也都是 1922 年 10 月。

1922 年的《鲁迅日记》丢失了，只有许寿裳的抄稿。这是现代文学史的一段佳话。鲁迅的老同学许寿裳非常崇拜鲁迅，连他的日记都要抄。可惜他只抄到片段，因此看不出这三篇小说的写作时间究竟谁先谁后。

但不管怎样，总之，《社戏》被排在了最后。

这或许是因为《社戏》在最后这三篇中确实出类拔萃，《社戏》中孩子们的幸福指数也最高，所以不管《社戏》具体写作时间是否最靠后，用它来做《呐喊》的收官之作，真是最恰当不过了。

# 二

但《社戏》也有问题。

这问题就出在它最后的一句话里面——

> 真的，一直到现在，我实在再没有吃到那夜似的好豆，——也不再看到那夜似的好戏了。

所谓"那夜似的好豆"，是说《社戏》里那群孩子那天晚上看完戏，回来的路上偷吃了村子里"六一公公"的罗汉豆，大家吃得不亦乐乎，所以豆是好豆，这个确凿无疑。

但戏是不是好戏，就值得商榷了。

不信就请看小说所提供的几个细节。

细节一，看戏的孩子们最喜欢"有名的铁头老生"，但他那一夜并没有"连翻八十四个筋斗"。"我"最想看到的"蛇精"和"黄布衣跳老虎"也未上台。唯一激动孩子们的是一个穿红衣服的小丑被绑在柱子上，给一个花白胡子的人用马鞭抽打。仅此而已。

所以孩子们哈欠连天，最后"骂着老旦"，离开戏台。这样的戏，能说是好戏吗？

细节二，"我"的母亲说，"我们鲁镇的戏比小村里的好得多，一年看几回"。所以就戏论戏，那天晚上"我"在赵庄看到的戏，不可能是一生当中最好的。

既然如此，为何小说结尾，"我"偏偏要说，再也没有看到"那夜似的好戏了"呢？

这就要看我们如何理解，在孩子们的心目中，到底什么是"好戏"。

对大人来说，评价一出戏好不好，只能看这出戏本身的质量。

但孩子们可就完全不同了。他们关心的戏不在台上，或主要不在台上，而在看戏的全过程。

从听到演戏的消息开始，那些根本还不知道名目和内容的戏，就已经在孩子们的心里上演了。这是孩子们看戏特有的前奏。

《社戏》的戏台，不在"我"的外祖母家，而在五里之外的赵庄。因此村民们如何合计，如何请戏班子，如何搭戏台，戏班子来了如何排练，如何轰动全村，全省略了。其实这些细节也能带给孩子们极大的兴奋与满足。

对"我"来说，看过戏的小伙伴们"高高兴兴的来讲戏"，也让我无限神往。这当然不是神往于具体的戏文，而是似乎已经从远处飘来的"锣鼓的声音"，以及"他们在戏台下买豆浆喝"的热闹场面。

再有一大开心之事，就是好事多磨，却又得遂所愿。

原来那天晚上，船，这水乡唯一的交通工具，突然特别紧张。外祖母家没雇上船，眼看去不了，几乎绝望了，却终于发生大逆转，村里早出晚归唯一的"航船"居然回来了，而经过小伙伴们一再"写包票"，外祖母和母亲居然同意由他们带"我"去看夜戏了。

这种幸福无法形容，但鲁迅居然把它给形容出来：

> 我的很重的心忽而轻松了，身体也似乎
> 舒展到说不出的大。

接下来，就是读者熟悉的一去一回的沿路风光，特别是回来的路上大家在月光底下煮罗汉豆吃，以及多少年后仍然无限深长的回味。

这才是社戏真正的内容。这才是社戏的主体和高潮所在。

孩子们的赏心乐事，跟大人们张罗的戏台上那出不知名也并不精彩的戏文，其实关系不大。

所以，并不是大人们张罗的那台戏，给孩子们带来怎样的快乐。恰恰相反，是孩子们的快乐，是孩子们自己在台下不知不觉演出的童年的戏剧，赋予台上那出戏以某种意义和美感。

孩子有自己的世界。他们在天地大舞台演出自己的人生戏剧。至于看大人们张罗的简陋无比的戏文，只是一个幌子而已。

三

但要说大人们毫无功劳，也不完全对。

大人们张罗的戏剧虽然简陋，毕竟给孩子们提供了一个由头，孩子们可以借助这个由头，来上演他们自己的戏剧。

大人们的功劳，也就到此为止。如果因为提供了这么一个由头，就说自己给孩子们创造了莫大的幸福，那就太夸张了。

尽管如此，孩子们还是应该特别感谢三位大人。

首先是六一公公。孩子们在回来的路上偷吃了他的罗汉豆，他非但不生气，反而问孩子们："豆可中吃呢？"

更了不起的是，他居然关心"昨天的戏可好么"。这个看似简单的问题，许多对孩子的精神世界完全不了解，只晓得忙忙碌碌、怨气冲天的父母们，是肯定提不出来的。

六一公公的两个问题，有助于孩子们再次重温和确认刚刚过去的那些赏心乐事。

其次是外祖母，她见"我"因为没有船去看戏而焦急失望，就非常"气恼"，怪家里人为何不早点把船给雇下。她一直为此絮叨个不停。晚饭时见"我"还在生气，外祖母的安慰也非常到位，"说我应当不高兴，他们太怠慢，是待客的礼数里从来所没有的"。

如此关注并且理解小孩的心理状态，这就不是一般的外祖母了。

最后是母亲。表面上她对"我"看戏的事并不热衷，对"我"的生气更不以为然，甚至让"我"不要"装模作样"地"急得要哭"，免得招外祖母生气。

其实这主要因为是在娘家，作为嫁出去的女儿，母亲也是客人的身份，必须处处小心，不能像在自己家里那样满足孩子的要求。

但母亲很想让"我"去看戏。一旦得到机会，稍稍犹豫一番，她就同意了孩子们的计划，在没有大人陪同的情况下，让孩子们自己坐航船，去五里之外的赵庄看夜戏。

这可不是一般的母亲所愿意、所敢做的决定。

可以想象，母亲在孩子们出发之后肯定一直在担惊受怕。航船刚回平桥村，"我"就看见母亲一个人站在桥上，等着儿子归来。而且已经是三更了，不知道母亲什么时候就开始站在桥上。母亲虽然"颇有些生气"，但孩子们既然平安回来，她也就没再说什么，"笑着邀大家去吃炒米"。

换一个母亲，黑暗中在村口的桥上独自等到三更，她接到自己孩子时的第一反应，大概就是抱怨、怪罪、训斥，甚至辱骂吧？但小说中"我"的母亲并不是这样。

"我"的母亲还有一个值得感谢之处，就是她既没有请别的某位大人跟孩子们一起去，也没有亲自陪着孩子们去。她宁可自己担惊受怕，也要顺着孩子们合理的心愿。她没有自以为是地介入孩子们的世界。她尊重孩子们的自主权。

如果那天母亲自己去了，或请某个大人帮助照看孩子们，孩子们还会有那么多的开心之事吗？还会有这篇温暖而美好的小说《社戏》吗？

答案应该是肯定没有。

为了孩子们的独立，为了孩子们的幸福，有时候，大人们真的不能事事冲在前面，而必须退居幕后，甚至做出必要的让步、必要的牺牲。

鲁迅杂文有一句非常有名的话："自己背着因袭的重担，肩住了黑暗的闸门，放他们到宽阔光明的地方去；此后幸福的度日，合理的做人。"

这个意思，应该就是小说《社戏》所要表达的思想吧。

# 如何呵护脆弱的心灵

郜元宝讲鲁迅《风筝》

一

《风筝》值得探讨的问题很多，但所有的问题其实都集中在结尾，而最不容易理解的也正是《风筝》的结尾。

要讲清楚这个相当奇怪的结尾，必须对《风筝》所描述的两兄弟童年时代那件伤心的往事，有一个通盘的了解。

这件事其实很简单，它说的是第一人称讲述者"我"从小就不爱玩风筝。不爱玩风筝也没什么，尽管大多数孩子可能都爱玩，但"人各有志"，总有例外。可是这个"我"真的有些特别，不仅自己不玩风筝，还反对家里人放风筝。理由是：玩风筝是没出息的孩子才干的事。

这理由当然站不住脚。

孩子们的一种普通的游戏和爱好，被他说成是一种无法原谅的罪过。所以你看这个"我"啊，还真霸道得不行。

但"我"的小弟弟酷爱风筝。弟弟当然买不起风筝，哥哥又不让玩，因此他就特别羡慕那些可以随便放风筝的孩子们，常常"张着小嘴，呆看着空中出神，有时至于小半日。远处的蟹风筝突然落下来了，他惊呼；两个瓦片风筝的缠绕解开了，他高兴得跳跃"。弟弟爱风筝，爱到了痴迷的地步，但这一切在当哥哥的"我"看来，却"都是笑柄，可鄙的"。

碰到这样的哥哥，弟弟也真是倒霉透了。没办法，他只好偷偷找来一些材料，躲在一间不太有人去的堆杂物的小屋里，自己制作风筝。

就要大功告成的时候，被"我"发现了。"我"想弟弟怎么这样没出息，做什么不好，为何背着人做风筝？当时的"我"气愤至极，二话不说就抢上前去，手脚并用，三下五除二，彻底砸烂了弟弟"苦心孤诣"快要糊好的那只风筝。

"我"凶巴巴地做了这件事之后，毫不在乎弟弟的感受，就一个人扬长而去了。

此后兄弟二人再也没有提起这件事。

然而没想到，二十年后"我"偶尔看到一本外国人研究儿童的书，知道游戏是儿童最正当的行为，玩具则是儿童的天使，这才恍然大悟，意识到二十年前那一幕，乃是对弟弟进行了一场"精神的虐杀"。

认识到这点，"我"就感到一种迟到的惩罚终于降临，"我的心也仿佛同时变了铅块，很重很重地堕下去了"。

于是，"我"就想弥补二十年前的这个错误，但又不知怎么办才好，"送他风筝，赞成他放，劝他放，我和他一同放。我们嚷着，跑着，笑着。——然而他其时已经和我一样，早已有了胡子了"。既然这都不行，那就只剩下一个办法：当面向弟弟认错，请求他的原谅。

没想到，听了哥哥"我"的致歉和忏悔之后，已经人到中年的弟弟居然这样说：

"'有过这样的事吗？'他惊异地笑着说，就像旁听着别人的故事一样。他什么也不记得了。"

弟弟的反应，大大地出乎"我"的意料。"我"本来想弟弟应该说，"我可是毫不怪你呵"。"我想，他要说了，我即刻便受了宽恕，我的心从此也宽松了罢。"没想到弟弟根本就把这件事给彻底遗忘了。

如果说弟弟的反应让"我"感到意外，那么接下来"我"对弟弟反应的反应，就轮到让作为读者的我们感到意外了。因为接下来"我"是这么说的——

全然忘却，毫无怨恨，又有什么宽恕之可言呢？无怨的恕，说谎罢了。

我还能希求什么呢？我的心只得沉重着。

所以说，鲁迅这篇《风筝》怪就怪在文章最后哥哥"我"的情绪反应。

他小时候禁止家人放风筝的霸道和一点小变态倒也罢了，毕竟后来意识到错了。真正奇怪的是后来，当弟弟明确告诉他，已经不记得小时候哥哥那一幕"精神的虐杀"，依据常情常理，当哥哥的应该高兴才是。因为至少此时此刻，弟弟已经把那不愉快的、从哥哥的角度看来一定是受到严重心理伤害的往事忘得干干净净，不会再有心理创伤，也不会记恨哥哥了。既然如此，哥哥应该为弟弟高兴，也应该为自己高兴才是，怎么反倒更加闷闷不乐了呢？

而且不仅说"我的心只得沉重着"，接下来还用一大段更加阴郁奇怪的文字，做了这篇文章的结尾——

现在，故乡的春天又在这异地的空中了（文章说的是在北京看人放风筝，想起儿时故乡的风筝，想起自己对弟弟那一场"精神的虐杀"），既给我久经逝去的儿时的回忆，而一并也带着无可把握的悲哀。我倒不如躲到肃杀的严冬中去罢，——但是，四面又明明是严冬，正给我非常的寒威和冷气。

这就是《风筝》的结尾。

大家看后不觉得奇怪吗？看这个结尾，好像心理受伤的不是小时候被哥哥砸烂了心爱的风筝的弟弟，反倒是砸烂弟弟风筝的哥哥，而且他的似乎越来越严重的心理创伤的形成，还是在人到中年，意识到小时候伤害过弟弟，但弟弟又告诉他根本不记得此事之后。

到底是怎么回事？看来，这还非得仔细琢磨琢磨不可。


二


第一种可能是，这个"我"啊，他有点不正常。

他硬是想证实弟弟当时受到了伤害，他硬是希望听到曾经受到过他伤害的弟弟对他说，"我可是毫不怪你呵"。似乎只有这样，他才能感到满意，心里的一块石头才终于可以落地。

果真如此，那么这个"我"很可能就有点强迫症了，非要别人的思想感情甚至对于往事的记忆都必须走在自己设计的轨道上，他才感到心安理得，否则就横竖不舒坦。

如果真的是这样，那么追根溯源，当然还是因为儿时种下的那枚苦果，现在终于要他自己来吞下了。

第二种可能是，当弟弟说完全忘记了二十年前那件事的时候，做哥哥的"我"不相信这是真的。

他可能认为弟弟是在骗他，是不想跟他多啰唆，是在用打哈哈的方法拒绝他的致歉与忏悔。哥哥可能认为，弟弟这样做，恰恰说明弟弟当时确实受了伤害，而且打那以后还一直记着这个伤害，随着时间的推移，心理医学上所说的"创伤记忆"越来越严重，以至于深入骨髓，所以根本不想接受来自哥哥的廉价的致歉与忏悔。

这也就是说，弟弟至今还痛并恨着，做哥哥的"我"这才感到痛苦不堪，而且毫无办法，所以"我的心只得沉重着"。

实际上这种可能性还可以分作两个方面：其一，哥哥的怀疑是对的，弟弟确实至今仍然痛苦并且痛恨着；其二是哥哥的怀疑错了，这只不过暴露了哥哥的心理变态，疑心病太重，不该怀疑的事情偏要怀疑，偏要无事生非，凡事都朝最坏的方向去设想。

无论哥哥的怀疑对不对，这都是一件不折不扣的心理和感情的悲剧。

第三种可能是，这位做哥哥的"我"是弗洛伊德或弗洛伊德学生卡尔·荣格派心理治疗学的拥护者。

这派学说认为，一个人早期的心理创伤，随着时间推移，容易压抑在潜意识甚至无意识里，表面上风平浪静，连患者本人都以为根本没有受到过什么伤害，就像《风筝》里的弟弟说他不记得了，但被压抑在潜意识或无意识里的早年创伤正不断从精神深处伤害着患者，在患者意识不到的情况下不断流露出各种精神症状。

医治的办法，就是在催眠状态下诱导患者慢慢回忆起早年的某一段经历，把这段经历从潜意识或无意识深处唤醒，让它浮现到意识的层面，这样就好像把身体里的毒性逼出来，从而达到治愈的效果。但心理和精神上的这种治疗过程相当麻烦，对患者来说是极其痛苦的，而且不一定总是能够奏效。

做哥哥的"我"也许正是想到这一点，才为他的弟弟感到深深的悲哀，同时也为他自己少年时代的糊涂和粗暴感到追悔莫及。因为被害者已经忘记了曾经遭受的伤害，他们灵魂深处的伤口就无法愈合，而曾经的加害者的道歉与忏悔，也就永远无法完成。

说实话，很难说清究竟哪一种更接近事实的真相。鲁迅先生的高明之处，就在于他给《风筝》安排了这样一个结尾，完全出人意料，奇峰突起，急转直下，而又戛然而止，让人迷惑，又让人似乎可以展开无限的遐想。

但不管我们怎么迷惑，怎么猜测，怎么遐想，有一点可以肯定，那就是人类之间相互所加的伤害，不管是轻是重，是此刻当下，还是在遥远的过去，甚或懵懂的儿时，对于受害者和施害者来说，后果都非常严重。精神的伤口，不是你想治愈，就能治愈得了的。

因此，关爱兄弟和邻舍，呵护幼小稚嫩而脆弱的心灵，是人类最值得去做、最需要去做、最应该去做的事。爱人如己，没有比这个更加重要的了。

当然，你或许会说，这些推测和遐想是否纯属多余，是否是一种"过度阐释"，鲁迅很可能根本就没想那么多。他只是大笔一挥，随便写写。

《风筝》写于1925年，但早在1919年，鲁迅就发表过一组简短的寓言故事，其中一篇《我的兄弟》，其故事情节，包括结尾，跟《风筝》一模一样，只是内容和文字描写要简单得多，显然是《风筝》的雏形或初稿。因此，至少在公开发表的文本层面，《风筝》的创作前后持续了六年之久。

一篇短短的散文，竟然花了六年时间才定稿，能说是大笔一挥，随便写写，并无什么微言大义吗？

显然不是如此吧。

# 敞开的心灵和人生教育

张新颖讲沈从文《从文自传》

一

1932 年，沈从文在青岛大学国文系做讲师，暑假期间用三个星期写了一本书，叫《从文自传》。这一年他三十岁，这本书写的是他二十一岁以前的事情，写到他离开湘西闯荡进北京就戛然而止。

《从文自传》可以分成两部分，前一部分的背景在小城凤凰，主要是一个小学生的生活，重点却不是读书，而是逃学读社会这本大书，作者自己说这一部分可以称作"顽童自传"；后一部分是一个小兵的生活，他十五岁离开了凤凰和家庭，进入更大也更加严酷的社会，随部队辗转，在各种各样的见闻和遭遇中成长。

沈从文把他所有的经历都看作是对他的人生"教育"，而他的心灵状态，是敞开来去接受各种各样的"教育"，其中最重要的，可以从三个方面来谈：一是自然现象，二是人生现象，三是人类智慧的光辉。

沈从文从小就有强烈的兴趣和冲动去读自然和社会这部大书。他说，"同一切自然相亲近"的生活"形成了我一生性格与感情的基础"，"当我学会了用自己眼睛看世界一切，到一切生活中去生活时，学校对于我便已毫无兴味可言了"。他叙述自己逃学的"顽劣事迹"，不仅仅是要表现一个"顽劣"的性格，而是要描述和说明自己因此而得到的教育。这种教育，要宽阔得多，也更根本，更深入骨髓。它是以自然现象和人生现象为一本永远也读不完的大书而进行的不停息的自我教育过程。"尽我到日光下去认识这大千世界微妙的光，稀奇的色，以及万汇百物的动静"，"我的心总得为一种新鲜声音，新鲜颜色，新鲜气味而跳。我得认识本人生活以外的生活"。

　　从一开始，这颗向宽广世界敞开的小小心灵，就被这个没有边界的世界带进了永远不会满足也就永远停不下来的探寻过程中，在这个过程中，小小的心灵变得越来越充实，越来越阔大。"我生活中充满了疑问，都得我自己去找寻答解。我要知道的太多，所知道的又太少，有时便有点发愁。""在我面前的世界已够宽广了，但我似乎就还得一个更宽广的世界。"

## 二

在叙述人生现象的"教育"时，沈从文描述了一种特别的经验：看杀人。他说："我刚好知道'人生'时，我知道的原来就是这些事情。"

在现代中国文学史上，还没有哪个作家这么多次地写到这么大规模的砍头式杀人，也没有哪个作家能控制得这么"不动声色"地写看杀人。

他这样写，是冷漠和麻木吗？如果看杀人只是看杀人而没有对自己实实在在的影响，真正的无动于衷，那么，他就是一个鲁迅所说意义上的"看客"；而沈从文想表达的却是，看杀人深刻地"教育"了自己，成为建构自己人生观念的重要因素。有这样的因素参与建构的一个人，与没有此类因素参与建构、没有受过同样"教育"的其他人，当然有着无法泯灭的区别。

所以，他在叙述怀化镇的生活时说了这么一段话：

> 我在那地方约一年零四个月，大致眼看杀过七百人。一些人在什么情形下被拷打，在什么状态下被把头砍下，我皆懂透了。又看到许多所谓人类做出的蠢事，简直无从说起。这一分经验在我心上有了一个分量，使我活下来永远不能同城市中人爱憎感觉一致

了。从那里以及其他一些地方，我看了些平常人不看过的蠢事，听了些平常人不听过的喊声，且嗅了些平常人不嗅过的气味……

除了自然现象和人生现象，建构生命的另一种东西，在成长过程中不断变换着形式出现，而且越来越显示出重要性和沉潜的影响力，这种东西，沈从文把它称为人类智慧的光辉。

他在当兵时期接触到外国文学，姨父家中有两大箱商务印行的《说部丛书》。他谈到这些书时曾这样说：

> 这些书便轮流作了我最好的朋友。我记得迭更司的《冰雪姻缘》《滑稽外史》《贼史》这三部书，反复约占去了我两个月的时间。我欢喜这种书，因为它告给我的正是我所要明白的。它不如别的书说道理，它只记下一些现象。……我就是个不想明白道理却永远为现象所倾心的人。

这就是一个作家的特质。

沈从文一个月大概有三四块钱，可是随身带的包袱里，有一本值六块钱的《云麾碑》，值五块钱的《圣教序》，值两块钱的《兰亭序》，值五块钱的《虞世南夫子庙堂碑》，还有一部《李义山诗集》。"这份产业现在说来，依然是很动人的。"在《从文自传》里面，这个细节特别打动我。

后来，他在筸军统领官陈渠珍身边做书记，保管整理大量的古书、字画、碑帖、文物：

> 这份生活实在是我一个转机，使我对于全个历史各时代各方面的光辉，得了一个从容机会去认识，去接近……这就是说，我从这方面对于这个民族在一段长长的年份中，用一片颜色、一把线、一块青铜或一堆泥土，以及一组文字，加上自己生命做成的种种艺术，皆得了一个初步普遍的认识。由于这点初步知识，使一个以鉴赏人类生活与自然现象为生的乡下人，进而对于人类智慧光辉的领会，发生了极宽泛而深切的兴味。

那时候从长沙来了个受五四运动影响的印刷工人，带来些新书新杂志，沈从文很快就对新书"投了降"，"喜欢看《新潮》《改造》了"。"为了读过这些新书，知识同权力相比，我愿意得到智慧，放下权力。我明白人活到社会里应当有许多事情可做，应当为现在的别人去设想，为未来的人类去设想，应当如何去思索生活，且应当如何去为大多数人牺牲，为自己一点点理想受苦，不能随便马虎过日子，不能委屈过日子了。"

他做出一个决定，到北京去。没过多久，他就在北京西河沿一家小客店的旅客簿上，写下——"沈从文年二十岁学生湖南凤凰县人"，"便开始进到一个使我永远无从毕业的学校，来学那课永远学不尽的人生了"。

三

我们回头来看沈从文离开湘西时初步形成的知识文化结构。

这其中，有中国古代的历史和艺术，他把在陈渠珍身边做书记的军部称为"学历史的地方"；当然有中国古代文学，也有意外碰到的西洋"说部"；还有刚刚开始接触便产生实际影响的"新文化"。

我们在讲沈从文的传奇时，特别喜欢说到沈从文是一个小学毕业生，好像他是一个没有文化的人。可是当我们看到他有着这样一个知识结构的时候，我们太爱好传奇了，可能要把他实际有的知识结构缩小到很小，才使那个传奇更加传奇。但实际情形可能不是这样的。

特别是，当二十一岁的军中书记从古代文物和艺术品中感受人类智慧的光辉时，当三十岁的小说家的自传写到"学历史的地方"来回忆这段经历时，他一定没有想到，他的后半生，是历史博物馆的馆员，一个最终取得辉煌成就的物质文化史专家和学者。我们或许应该想到生命的奇妙，想到沈从文的《从文自传》为未来的历史埋下的伏笔。

当这部自传结束的时候，传主的形象已经确立起来，他经历的一切构成了一个独立、独特的自我。借助自传的写作，沈从文重新"发现"了使自我区别于他人的特别因素，这个自我的形成和特质就变得显豁和明朗起来。

基本上可以说，通过《从文自传》的写作，沈从文找到了自己。找到了自己之后，最能代表个人特色的作品就呼之欲出了：《边城》和《湘行散记》接踵而来。

沈从文的学生汪曾祺说《从文自传》是"一本奇妙的书"，"它告诉我们一个人是怎样成为作家的，一个作家需要具备哪些素质，接受哪些'教育'"。

我们回看沈从文的一生，不必把这本自传的意义局限在文学里面。

对于更加漫长的人生来说，这个确立的自我，要去应对各种各样的挫折、苦难和挑战，要去经历多重的困惑、痛苦的毁灭和艰难的重生，在生命的终结处，获得圆满。

# 萧红不愿触及的记忆

## 文贵良讲萧红《呼兰河传》

一

《呼兰河传》是萧红晚年创作的长篇小说。

说晚年，也许不一定恰当。1940年冬天写完《呼兰河传》，1942年初萧红就去世了，去世的时候也才只有三十一岁，真正的英年早逝！

《呼兰河传》不是为呼兰河立传，而是为呼兰县城立传。呼兰县因呼兰河得名，2004年成了哈尔滨的一个区，叫呼兰区。这部小说被学界认为是一部自叙传小说，即讲述的是萧红自己的童年。

中国现代文学史上的作家们，不管成年后生活经历如何曲折，他们大多数的童年往往还是快乐的。鲁迅、张爱玲、郭沫若等的童年还是快乐的，原因是他们父辈家境还都不错。当然家境不错，也并不一定有童年的快乐。

萧红的父亲张廷举读过师范，做过县教育局局长，家境属于殷实一类。萧红的童年生活如果说有一个转折点，就是 1919 年她八岁的时候生母去世，父亲续弦。萧红跟继母的关系一直不融洽，后来为了读初中和抵抗包办婚姻，与家庭彻底闹翻了。

《呼兰河传》直接写萧红童年生活最著名的段落是写她在自己家的大花园里玩耍。这些段落作为描写童年快乐生活的例文被选入中小学语文课本中。

《呼兰河传》中的大花园虽然没有曹雪芹笔下的大观园、鲁迅笔下的百草园那么著名，但也是文学中的花园精品。"大花园"一般被认为是童年萧红的乐园，在那里她可以自由自在地玩耍。她不是一个人玩，还有她的祖父带着她玩。

小说是这样描写的：

> 花开了，就像花睡醒了似的。鸟飞了，就像鸟上天了似的。虫子叫了，就像虫子在说话似的。一切都活了。都有无限的本领，要做什么，就做什么。要怎么样，就怎么样。都是自由的。倭瓜愿意爬上架就爬上架，愿意爬上房就爬上房。黄瓜愿意开一个谎花，就开一个谎花，愿意结一个黄瓜，就结一个黄瓜。若都不愿意，就是一个黄瓜也不结，一朵花也不开，也没有人问它。玉米愿意长

多高就长多高，它若愿意长上天去，也没有人管。蝴蝶随意地飞，一会从墙头上飞来一对黄蝴蝶，一会又从墙头上飞走了一个白蝴蝶。它们是从谁家来的，又飞到谁家去？太阳也不知道这个。

只是天空蓝悠悠的，又高又远。

可是白云一来了的时候，那大团的白云，好像洒了花的白银似的，从祖父的头上经过，好像要压到了祖父的草帽那么低。

我玩累了，就在房子底下找个阴凉的地方睡着了。不用枕头，不用席子，就把草帽遮在脸上就睡了。


在大花园里，花开，鸟飞，虫叫，一切都是健康的、活跃的，都有无限的本领，"要做什么，就做什么。要怎么样，就怎么样"。"要……就……"和"愿意……就……"的句式好像表达了它们无限的可能性，它们的意志随时可以得到实现。

蓝天悠悠，白云悠悠，花自由自在地开，鸟自由自在地飞，虫子自由自在地鸣叫，"我"自由自在地玩耍，想睡了，就在阴凉的地方用草帽盖着脸睡觉了。天和地，人和物，人和人，都和谐共处。

不得不承认，这些段落确实写出了一个小女孩童年的无忧无虑的快乐，不愁吃，不愁穿，只要跟着祖父玩耍就可以了。还有那么大一个大花园是她独有的，没有别的小孩来占领，来破坏。

二

那么，今天的我们如何理解这种大花园的快乐？

仔细琢磨，我们会发现这种大花园的快乐也有一些缺陷。"要……就……"和"愿意……就……"的句式很像上帝的句式。《圣经》的《创世记》中，上帝说要有光就有光了，要有啥就有啥了。听上去一切都有可能，但其实就是一种可能。

倭瓜、黄瓜、蝴蝶似乎愿意怎样，就可以怎样，但整个语句的意思却是在告诉我们，它们都只有在自身的范围内才有那种可能性。而且，春天到夏天，繁花似锦，红花绿叶，那是充满活力的、生机勃勃的场面，却只有一个小孩与一个老人在里面，很不协调。

《红楼梦》中的大观园，是人与园相得益彰。而《呼兰河传》中的大花园里，一个老人戴着大草帽，一个小孩戴着小草帽，栽花、拔草、下种，说快乐也有快乐，但对于一个小孩来讲，其实有的是一种寂寞的快乐、逃避的快乐。

如果我们把萧红对大花园的描写放到小说对家的

66

描写中来看，就很明显了。

第三章是以祖母的去世为线索，来写"我"的童年生活。其中写到，"我"跟祖父学习唐诗，与表哥一起玩耍，与亲戚们的小伙伴一起去摘荷叶，还有"我"自己在大花园里玩耍。这些活动确实带给了萧红无限的快乐。

但是，我们再来看看第四章写了什么？

第四章写"我"家，共五小节，除第一小节外，其余四小节的开头分别是：我家是荒凉的/我家的院子是很荒凉的/我家的院子是很荒凉的/我家是荒凉的。

《呼兰河传》描写家，只写了家的外部环境，根本没有写到家的内部，根本没有写到童年萧红住的什么房间，里面有什么样的布置。

就家里人物来看，只写了祖父和祖母，没有写到自己的父亲和母亲，也没有写到自己的弟弟。小说展示给读者的是一个明晃晃的大花园，而大花园旁边的家，像一个黑洞，像一个没有打开的包裹。

我们可以说，家的荒凉更加突出了大花园的明晃晃的快乐；但是否也可以说：大花园的明晃晃的快乐掩盖了自己的原生家庭中无法叙说的寂寞与痛苦呢？

# 三

《呼兰河传》共七章。第一章写呼兰河城里的药铺、火磨房、学校、小胡同，还有傍晚的火烧云，这些是多么平常，哪个城市都有，但是小说这一章重点写了大泥坑。城市本来是平整的、整齐的、清洁的、有序的、规则的，但突然有这么一个大泥坑，仿佛是城市撕开的裂口。

第二章写跳大神、放河灯、野台子戏、四月十八娘娘庙大会，是人的裂口。这些都是写鬼的世界。鬼是人的裂口。人在世上是痛苦的、恐惧的、不安全的；人在人的身上找不到安全，找不到保障，于是只有打开人的规则，把裂口显露出来，于是鬼的世界被创造出来。

第三章和第四章写大花园，前面分析过主要写的是家的外部。家本来是温馨的、热情的。其实，萧红那个没有写的家是寂寞的，大花园则好像是家的一个裂口。

在后三章里，每一章都写了一个人物：小团圆媳妇、有二伯和冯歪嘴子。这三个人各有特色：小团圆媳妇是童养媳，尽管童养媳是有家的，但是娘家没有权利管她，婆家又不把她当人看，童养媳因为尚未成年，并没有获得人的权益；有二伯是长工，无家无室；冯歪嘴子则是磨倌，寄住他人家。

在中国传统社会中，家族是社会的基本结构，家与家成为族，族与族成为社会。小团圆媳妇、有二伯和冯歪嘴子，却是在家族之外的，他们都属于无家的人，都属于萧红所说的"偏僻的人生"，都处在家与家的缝隙之间。

"偏僻的人生"是社会的裂口。"裂口"这个词语则出现在《呼兰河传》的开头：

> 严冬一封锁了大地的时候，则大地满地裂着口。从南到北，从东到西，几尺长的，一丈长的，还有好几丈长的，它们毫无方向地，便随时随地，只要严冬一到，大地就裂开口了。

裂口这个意象深深地触动了我们：大地上的裂口！这些裂口没有方向，没有规则，是对大地的无序撕扯，成为阳光照不到的阴暗之所。但裂口又成为大地的见证，成为平整的见证。裂口是一种伤痕，是一种撕扯，又是一种封闭。裂口的撕扯，见证的是大地的坚强。

大花园的快乐，给寂寞的家打开了一个裂口，见证了家的无法叙说的往事。《呼兰河传》的故事所叙说的童年记忆同样像一个裂口，暗示了萧红童年记忆中那些没有触及的部分，或者不愿意触及的部分。而这些内容都成为萧红成长道路上的力量。

# 顽童嬉耍荒原上

郜元宝讲余华《在细雨中呼喊》

一

20世纪80年代后期,继右派作家("重放的鲜花")和知青作家之后，中国文坛突然涌现了一大批"60后青年作家"，比如苏童、余华、格非等。他们丰神俊朗，才华横溢，迥异于当时的文坛主流，令人刮目相看。通常人们称这批文学新生代为"先锋作家"。

"先锋"一词，当时主要着眼于他们令人眼花缭乱的小说叙述方式和语言形式，这些都明显不同于传统现实主义或浪漫主义小说，也是当时青年读者喜爱他们的理由之一，都说他们带来了小说叙事和语言的革命。稳健一点的批评家则说他们完成了一场前无古人的"先锋形式的探索"。

从他们的小说中，人们可以读出卡夫卡的恐惧与战栗，可以读出美国作家福克纳、索尔·贝娄、雷蒙德·卡弗的神采，可以读出法国新小说派作家罗布·

格里耶等的影子，还可以读出马尔克斯、博尔赫斯、略萨等拉美作家的气味——总之他们和外国文学新潮息息相通，有人说他们就是用汉语书写"某种外国文学"。

先锋小说最初的冲击波确实来自他们横空出世的叙事方式和语言形式，但今天回过头来再去读他们的作品，尤其当我们对新形式和新语言的"探索"已有一定经验之后，你就会发现单纯形式上的研究已经非常不够。

我们必须提出这样的问题：先锋作家除了探索新的叙事方式和语言形式之外，在小说内容方面可曾提供哪些新的因素？这些新因素究竟新在何处，是完全的创新，还是和中国文学的某种传统仍然有千丝万缕的联系？

读过先锋作家余华的长篇小说《在细雨中呼喊》，或许我们就可以尝试回答这个问题。


二


当大家打开这部小说时，首先看到的是什么？

让我感到震惊的，是过去读当代小说时熟悉的那些人和事忽然不见了。比如，右派作家小说中常见的知识分子和老干部受迫害时的痛苦与幻灭，或重返工作岗位后新的困惑，就很少在余华的笔下出现；也很少看到知青小说反复思考的知识青年上山下乡的问题；至于路遥《人生》中高加林式回乡知青的苦闷，《平凡的世界》中草根青年的困苦、挣扎和坚持不懈的努力，也并非余华的兴趣所在；再比如伤痕、反思、改革文学的主流作品，像古华《芙蓉镇》、高晓声《陈奂生上城》、贾平凹《浮躁》、张炜《古船》、张洁《沉重的翅膀》等对重大社会历史问题的关切，似乎也都荡然无存。

那么，这一切之外，我们还能看到什么别的内容呢？

我们首先看到的，是一个叫孙光林的第一人称叙述者"我"透过时间的帷幕，在回忆里重新看到一大群儿时的伙伴。他们的年纪从五六岁到十七八岁不等，主要是孙光林的哥哥、弟弟、邻居、同学。

他们要么还是小孩，刚学会走路说话，要么是懵懂少年，对社会人生似懂非懂，正朝着未知的将来快速成长。他们（包括孙光林本人）的心思意念和言语行为，有时愚蠢可笑、顽劣可叹，有时又尖锐犀利、脑洞大开。所有这些搅成一团，呈现出孩童和少年世界真实可感的完整图景。

当然我们也看到了这群"昔日顽童"所处的20世纪60年代后半期和整个70年代。但余华不像右派作家或知青作家那样具体审视那个年代的社会政治，而是用顽童的心态与视角，远距离眺望那个年代。

无论孙光林一家生活的乡村南门，还是孙光林养父养母所在的小镇孙荡，在孙光林的回忆里都显得贫穷、荒凉、寂寞。显然，冷静客观地展现20世纪60年代至70年代中国社会的一般生活状况，并非《在细雨中呼喊》以及其他先锋作家早期作品的长处。对那段历史，80年代新时期文学已经形成稳固的集体记忆，对此先锋作家兴趣不大，他们要越过集体化的历史记忆，打捞自己的童年和少年。这跟集体的历史记忆并不完全一致，许多细节和色调还相差太远，但这毕竟是他们的真实记忆，对集体记忆来说，未必不是一个有趣的补充。

比如，小说中大量描写了少年人珍贵的友谊，以及转瞬之间对友谊的背弃。苏家兄弟苏宇、苏杭跟随父母从城里下放到农村，农村少年孙光林一开始就对他们充满了好奇、羡慕、景仰与向往。后来他们成了朋友，共同度过一段快乐美好的时光，但不久便是友谊的破裂与彼此伤害。上中学后，孙光林与高年级同学之间又重演了同样的悲剧。

那时候，成年人最怕政治迫害、经济拮据、文化生活匮乏，但少年人并不计较这些。令他们兴奋的是友谊，令他们伤悲的则是友谊的破碎。

小说也如实描写了少年人（主要是男孩）对性的

无知、好奇、充满犯罪感和恐惧感的探索，以及探索过后因为自我谴责和害怕惩罚而产生的精神负担。这大概也属于鲁迅所谓"越轨的笔致"吧。

余华的描写大胆乃至出格，却并未沉溺于此。随着成长的继续，这一阶段自然也就过去了，只是已经发生的可笑、可叹、可悲、可怕的经历，永远留在记忆深处，每次重温，感伤、羞愧乃至恐惧战栗之情还会如期而至。成长可以掩盖许多往事，却很难抹去附着于往事的五味杂陈的回忆。

你也许可以说，如何看待少年人的友谊，如何培养正确的性意识以及与此有关的朦胧的爱情，都是中小学教育的任务。《在细雨中呼喊》围绕友谊和性的主题发生那么多喜剧、闹剧和悲剧，都可以归结为当时中小学教育的落后，过来人不必纠缠于这样的过去，而应该努力当下，放眼未来。这当然不错。但人类记忆的力量往往不可抗拒。当记忆的洪水涌来，我们会无法回避，也无法选择，只好凭一己之力再次投入其中。

《在细雨中呼喊》就是一部有关记忆的小说，它教我们学习在记忆的洪水中游泳而不至于遭受灭顶之灾。


三


比较起来，小说更多的还是透过儿童和少年的敏感心灵，折射出那个年代普遍丧失和扭曲的亲情。

比如，"我"的同学国庆的母亲死后，父亲抛弃国庆，与别的女人重组家庭，而国庆居然无师自通，给母亲的兄弟姐妹挨个写信，让他们干预父亲的生活，以恶作剧式的破坏与捣乱表达他对父亲无限的眷恋。

小说叙述的重点，是第一人称主人公"孙光林"在两个家庭之间被抛来抛去的窘境。因为贫穷，六岁的孙光林就告别故乡和亲生父母，被养父带去一个叫"孙荡"的小镇，在那里一住就是五六年。好不容易跟养父母建立起亲密的关系，却因为养父搞外遇被抓而自杀、养母回娘家而一切归零，被迫重返全然陌生的亲生父母家。从此直到考上大学，整个初、高中阶段，孙光林在亲生父母家的地位都无异于局外人。小说的主要内容就是从孙光林这个局外人的心灵感受出发，写出以父亲孙广才为中心的一家三代严重扭曲的亲情关系。

在孙光林眼中，父亲孙广才无疑是十足的恶棍和无赖。孙广才上有老，下有小，但他对三个儿子的爱心之稀少，一如他对父亲孙有元的孝心之淡薄。小说不厌其烦地描写孙广才怎样动不动发脾气，辱骂和毒打三个儿子，又怎样变着法子虐待失去劳动能力的父亲。孙广才对妻子也缺乏基本的忠诚与尊重，长年与本村一位寡妇通奸。他做这一切都理直气壮、明火执仗，因为在他眼里，儿子、父亲、妻子都是他的累赘，甚至都是危害他生命的仇敌，他们的价值远在他所豢养的家畜家禽之下。

受孙广才影响，孙光林的哥哥与弟弟也参与了对祖父孙有元的虐待。但从孙光林冷眼看去，祖父孙有元也并非善类：他因为腰伤失去劳动能力，但他的狡猾冷漠超过孙广才，比如他利用小孙子的年幼无知，跟一家之主孙广才斗智斗勇，常常令孙广才甘拜下风。

在孙荡镇，在南门村，像孙广才这样的家庭比比皆是。孙家只是那个年代无数中国家庭的一个缩影。亲情的扭曲和丧失还表现在一个触目的细节上：孙家祖孙三代互相一概直呼其名，彼此尊重和怜爱的话语几乎荡然无存。

四

如果余华仅仅是残酷地揭露那个年代中国家庭亲情的丧失，那么《在细雨中呼喊》就是不折不扣的审父与溢恶之作。但事实上，余华既大胆揭露了那个年代中国家庭亲情的普遍丧失和扭曲，同时也看到即使在这种情况下，人类与生俱来的亲情关系仍然以这样或那样的方式存在着。

《在细雨中呼喊》中，到处可见家庭内部爱的纽带隐蔽甚至变态的存在，犹如灰烬中的余火，给人意想不到的温暖。

比如弟弟舍己救人而溺死之后，父亲和哥哥幻想以此换来褒奖与补偿，这固然令人唾弃，但另一方面，他们起初把弟弟从水里捞起来，轮流倒背着，拔足狂奔，希望救活弟弟，这个场面又充分显示了他们的兄弟之爱和父子之情。

再比如，尽管父亲与寡妇通奸，把妻子抛在脑后，但妻子死后，他还是深夜偷偷跑到妻子的坟头，发出令全村人毛骨悚然的痛哭。

还比如，晚年的祖父与父亲成了冤家对头，但祖父死后，父亲也曾流露出真诚的痛苦与忏悔，痛骂自己没有在祖父活着的时候尽孝，而祖父最后坚持绝食，只求速死，目的竟然是给儿子减轻生活负担。

如果用心阅读《在细雨中呼喊》，我们就会发现余华犹如一个冷静的医生，用寒光闪闪的解剖刀，先剥去那个年代中国家庭外表上温情脉脉的面纱，露出底下彼此仇恨的关系，然后又继续剥去这层彼此仇恨的关系，露出尚未完全折断只是隐藏更深的亲情的纽带。

通过上述分析，我们不难看出，在先锋实验和成长小说的外衣下，余华真正关心的还是中国社会和中国家庭的感情维系。他无情地揭露了人类感情遭破坏、被扭曲的悲剧，但也努力挖掘人类之间爱的联系得以修复的希望所在。

　　这一文学母题，在他后续的小说《活着》《许三观卖血记》《兄弟》和《第七天》中不断重现。余华表面上可能有点离经叛道，其实却越来越靠近文学史上那些具有深厚人道主义思想和现实批判精神的经典作家。强调这一点非常必要，也非常重要。

# 苦难酿成金色的梦

陈思和讲莫言《透明的红萝卜》

一

《透明的红萝卜》集中体现了莫言早期的创作风格，描写了一个叫作"黑孩"的农村孩子的奇异的感觉世界。

莫言对这个作品情有独钟。2012 年莫言获得诺贝尔文学奖，他在瑞典斯德哥尔摩领奖前，发表了著名的演讲《讲故事的人》。在演讲中，他就提到了这部小说。他说：

> 我认为《透明的红萝卜》是我的作品中最有象征性、最意味深长的一部。那个浑身漆黑、具有超人的忍受痛苦的能力和超人的感受能力的孩子，是我全部小说的灵魂，尽管在后来的小说里，我写了很多的人物，但没有一个人物比他更贴近我的灵魂。

莫言在这里强调了两点。

第一，黑孩这个农村孩子具有承载苦难的特殊能力。

第二，黑孩还具有感受大自然的特殊能力。这两种特殊能力加在一起，就会让人感到：这个孩子仿佛是有特异功能的。

莫言在这段话里，反复用了一个词：超人的。不是一般的人，是超人。但这个超人，不是指那种力大无穷、改天换地的英雄，恰恰相反，他写了一个毫无自我保护能力的孩子，在忍受苦难方面具有特殊的能力。

这正是莫言小说中令人心痛，也最引人佩服的地方，体现了莫言的早期风格。

《透明的红萝卜》是以"文革"后期（大约是20世纪70年代中后期）农村修闸工地为背景的，写了工地上一个十岁的儿童，因为长得黑，又比较脏，大家就叫他黑孩。黑孩的母亲死了，父亲闯关东去了，家里有一个后妈和后妈生的儿子，后妈一直酗酒，喝醉了酒就打他骂他虐待他。这个孩子渐渐地变傻了，变得不会说话，像哑巴一样。深秋天还光着背脊，只穿一条大裤头，而且脏得不能再脏。所以作家写道："人们的目光都追着他，看着他光着的背，忽然都感到身上发冷。"

大家注意，这就是典型的莫言的语言。

他不是直接写一个人感到冷，而是通过别人看着他，引起了一种感觉。别人看着他光着的背，看的人感到冷，用这个方法来传达黑孩的冷。

二

作者接下来把笔墨转换到黑孩的身上，他的描写就越来越神奇了：

> 小石匠吹着口哨，手指在黑孩头上轻轻地敲着鼓点，两人一起走上了九孔桥。黑孩很小心地走着，尽量使头处在最适宜小石匠敲打的位置上。小石匠的手指骨节粗大，坚硬得像小棒槌，敲在光头上很痛，黑孩忍着，一声不吭，只是把嘴角微微吊起来。小石匠的嘴非常灵巧，两片红润的嘴唇忽而噘起，忽而张开，从他唇间流出百灵鸟的婉转啼声，响，脆，直冲到云霄里去。

这段话写得很有意思，一共四句话，就有四层意思。

第一句，讲小石匠用手指骨节去敲打黑孩的光头。

第二句，写黑孩非但不躲开，反而迎着那个指头的敲打把头顶上去，是不是这样敲打很舒服呢？不是的。所以第三句又强调说，这个敲打其实是很痛的，那问题就来了，既然痛，他为什么不躲开，反而要迎合呢？这就是第四句话，原来黑孩对小石匠口哨吹出的鸟声有特殊的敏感。

这一层一层的意思，都是在反复，都是反过来讲的。反过来讲意思就是说，因为黑孩对音乐、对百灵鸟的叫声特别敏感，所以他宁可把头顶上去，用他的头跟小石匠手指之间的敲打形成一种节奏，这种节奏跟小石匠嘴里吹出来的口哨的鸟声相吻合。

那么，这里突出的是什么呢？

一个是黑孩能够忍受疼痛的能力，另一个就是他对鸟叫声有特殊的感受能力。这样黑孩的形象就有了双重意义。一方面黑孩的形象是实实在在的、现实生活当中的苦孩子，失爱的童年、暴力的家庭、冷酷的社会环境，使他不仅丧失了作为正常孩子的智力，也丧失了与人类社会正常交流的能力，他只能用动物的方式来表达对人类社会的感受。

小说里接下去有很多描写，比如写到一个姑娘用手去抚摸黑孩的肩膀和耳朵的时候，黑孩朦胧地生出了一些温暖的感受，但这种感受他没办法用语言表达，只能不停地抽泣，用吸鼻子的方法来表达。像一条小狗一样，你喜欢它，它就用鼻子来回报你。还有当姑娘出于同情把黑孩拉出铁匠铺的时候，他不知所措，不知道怎么来表达对这个姑娘的感觉，于是他就用牙齿咬姑娘的手，表现出一种兽性的冲动。又比如因为经常被毒打，他失去了对疼痛的敏感，但这并不是说他没有痛感，而只是他不知道如何理解和表示痛感。

作者多次写到他用听觉和嗅觉来表示痛感。比如有一个他挨打的情节，是有人用一个大巴掌从他头上敲下去。

莫言是这样描写的，"黑孩听到头上响起一阵风声，感到有一个带棱角的巴掌在自己头皮上扇过去，紧接着听到一个很脆的响，像在地上摔死一只青蛙"。

还有一个细节，是小铁匠捉弄黑孩，让黑孩用手去抓烧红的钢钻。黑孩不知道烧红的钢钻很烫，用手去抓了，然后手就被钢钻烧焦了。但黑孩完全不知道痛是怎么回事。小说描写他"听到手里'滋滋啦啦'地响，像握着一只知了"，紧接着就说他的"鼻子里也嗅到炒猪肉的味道"，也就是说肉都烧焦了。像这些反应都不是正常理性下的人的感觉，而是近于动物的生理反应。尤其有一段写黑孩用脚掌去捻带刺的蒺藜：

黑孩正和沙地上一棵老蒺藜作战，他用

脚指头把一个个六个尖或是八个尖的蒺藜撕
下来，用脚掌去捻。他的脚像骡马的硬蹄一样，
蒺藜尖一根根断了，蒺藜一个个碎了。

大家可以看到，黑孩在生理上更具有动物的特点。

## 三

但是，另一方面，黑孩的意义还远不止于此。

虽然他从人倒退到动物兽类，与人类社会无法正
常交流，但他却能把所有的心思都用在理解自然、拥
抱自然、与自然对话上。他像小动物那样和大自然浑
然成为一体，运用自己的各种感觉去捕捉自然信息。
他能听到自然界的各种声音，比如，麻黄地里鸟叫般
的音乐和音乐般的秋虫鸣叫、空气碰撞在植物叶子上
而发出的震耳欲聋的响声、蚂蚱剪动翅膀的声音像火
车过铁桥、萝卜的根须与土壤突然分离时发出水泡分
裂似的声响……他甚至能够听到姑娘的头发落地的声
音。

显然，莫言笔下的黑孩拥有超越正常人的视听能
力，更接近动物对自然的感觉，他用半人半兽的感觉
世界来理解人类社会。

更重要的是，这个被异化为"动物"的农村孩子，

依然拥有人性最美好的因素——美感与理想。他不但能够聆听大自然的各种音乐般的声音，能够分辨自然界的各种奇异的色彩，而且还有一般动物所不可能具备的绚烂极致的想象力。

小说里有一段很重要的描写，写黑孩看着一个萝卜产生的幻觉：

> 黑孩的眼睛原本大而亮，这时更变得如同电光源。他看到了一幅奇特美丽的图画：光滑的铁砧子，泛着青幽幽蓝幽幽的光。泛着青蓝幽幽光的铁砧子上，有一个金色的红萝卜。红萝卜的形状和大小都像一个大个阳梨，还拖着一条长尾巴，尾巴上的根根须须像金色的羊毛。红萝卜晶莹透明，玲珑剔透。透明的、金色的外壳里包孕着活泼的银色液体。红萝卜的线条流畅优美，从美丽的弧线上泛出一圈金色的光芒。光芒有长有短，长的如麦芒，短的如睫毛，全是金色……

这个片段是小说描写的核心，它用金色的幻觉跟小说整体上笼罩的阴暗、压抑、沉重的基调来对抗，以奇特的梦想，来对抗单调、黯淡的现实，昭示着生命理想的追求。

这篇小说，莫言原来把它取名为《金色的萝卜》，后来是编辑部把它改成《透明的红萝卜》。"透明的红萝卜"这个色彩当然比较亮丽，但是它突出的只是红色。因为这篇小说里，黑孩的眼睛对红色特别敏感，很多地方都出现了"红色"这个意象。但莫言这一段描写其实突出的不是红色，而是金色，是一种充满了精神性的东西，跟红色还是有不一样的地方。红色基本上在动物眼睛里也可以看出来，而这样一种金色的光芒是属于人类的，不是属于动物的。所以原来的"金色的萝卜"这个名字，更能够突出这部小说的意象。

最后，关于黑孩还有必要强调一点，黑孩看上去是一个有神奇感觉的孩子，但实际上他并不神秘。因为他是一个来自农村的孩子，没有经过什么科学教育，他所有的生命信息，都是从大自然获得的。

这是莫言对于苦难中的农村孩子的特殊理解和描写，也是新文学人物画廊里一个独特而深刻的艺术形象。

# 初恋这件大事

## 张业松讲周作人《初恋》

现代文学中关于初恋的名篇不算多。沈从文的《边城》算是其中之一。翠翠梦中的山歌、与二佬的邂逅，酿成了爱的酸楚，也培育了爱的根苗。结尾一句"这个人也许永远不回来了，也许明天回来！"留下悲欢离合的无尽怅惘，也留下有情世界与无情山水"常"与"变"的悠远变奏，成为读者心头萦绕不去的美的召唤。

周作人的《初恋》则可算是直接书写初恋主题的杰作。相对于人生的其他主题，初恋无论如何不算重大，一般事过境迁，人们回想起来也大多不甚了了，似乎没有多少东西可写。周氏这篇却在短小的篇幅和淡淡的笔触中，包含了微妙而丰富的内涵，启人心智之处甚多。

初恋当其发生时，当然是了不得的大事。

"我不曾和她谈过一句话，也不曾仔细的看过她的面貌与姿态。……虽然非意识的对于她很是感到亲近，一面却似乎为她的光辉所掩，开不起眼来去端详她了。"

　　这样的初恋的感觉你有没有？当初恋发生多年以后，还能把这种细腻微妙的感觉写出来，很不容易。周作人在这个短篇中，写下的是初恋的滋味和意味。

　　滋味不必说了，就是这种"虽然非意识的对于她很是感到亲近，一面却似乎为她的光辉所掩，开不起眼来去端详她了"的甜蜜惊慌的感觉。还有"每逢她抱着猫来看我写字，我便不自觉的振作起来，用了平常所无的努力去映写，感着一种无所希求的迷蒙的喜乐"。

　　什么叫"迷蒙的喜乐"？就是似乎要昏过去了同时却高兴得不知所措的感觉。

　　这里写出的是年轻的心、年轻的激情、年轻的笨拙和年轻的不由自主地想要在对方面前表现得更为杰出的自我克制和加倍努力。由此我们知道，在初恋的甜蜜的惊慌中，不只是有着盲目不自明的感情的冲动，而分明也有着同样不自明的理智上的努力的成分，恋爱激发出了一种促使人向上自我提升的力量。这就要说到初恋的意味了，即它到底给人带来什么？

# 二

周作人在《初恋》中对于这个主题的表达，更集中地体现在文章的后半部分：

> 有一天晚上，宋姨太太忽然又发表对于姚姓的憎恨，末了说道："阿三那小东西，也不是好货，将来总要流落到拱辰桥去做婊子的。"
>
> 我不很明白做婊子这些是什么事情，但当时听了心里想道，"她如果真是流落做了婊子，我必定去救她出来。"

这是英雄救美的壮志。

我们知道，历史上和传奇中的很多盖世大英雄，确乎正是出于对倾国倾城或惊世骇俗的爱的冲动，才做出了他们的不朽盛事。过去我们从小说或史书上读到这些，或许也曾不胜向往仰慕之至，但最终大概总觉得这种传奇事业太了不起，跟我们的庸常生活没什么关系。周作人颠覆了这种直感，让我们看到，伟大的抱负和伟大的事业可能诞生于渺小的根苗。

然而小孩子的高调，终究也不能太当真。时过境迁，也许不过几个月的工夫，内心的丘壑已是另一番面目。

紧接上引段落，作品中这样写道：

　　大半年的光阴这样的消费过去了。到了七八月里因为母亲生病，我便离开杭州回家去了。

　　一个月以后，阮升告假回去，顺便到我家里，说起花牌楼的事情，说道："杨家的三姑娘患霍乱死了。"

　　我那时也很觉得不快，想象她的悲惨的死相，但同时却又似乎很是安静，仿佛心里有一块大石头已经放下了。

为什么"很觉得不快"，"却又似乎很是安静，仿佛心里有一块大石头已经放下了"呢？

"不快"是真的，"一块大石头已经放下"也是真的。从我们老于世故的眼界来看，仿佛矛盾的感情中，包含了残酷的现实条款所约束的诸多不可能，因此最好就是恰好，一个不幸的小姑娘，不必勉强一个怯懦的"丑小鸭"去做他的英雄梦。

于是，一个悲惨的死，抵过一分真实的爱和怜惜，似乎也有点银货两讫的意思，完满了丑陋的人世。所以，最终尽管是人已经逝去，经由初恋装进心里的"大石头"

不放也得放了，却好像是那个小小的"我"对于"她"有了情感上的负债，总是有些"安静"中的"不快"。

这种情感上的负债感，也就是"我"从初恋中有所获得，却并没有回馈给对方什么的感觉，这是对的。

《初恋》真正要说的，其实是初恋对于人的赐予。

作品中说："总之对于她的存在感到亲近喜悦，并且愿为她有所尽力，这是当时实在的心情，也是她所给我的赐物了。""赐物"即赏赐之物，来自慷慨善意、不求回报的给予。所给予的东西，说得出来的是喜悦之感，和"愿为她有所尽力"的自我提振的心情，对于成长中的少年来说，二者都是相当正向的力量。而在这种正向的提振力量的作用下，少年人局促在自我中心的儿童世界里的天真之眼，开始看向身外更广大的世界，并从中铆定一个对象，通过她，开始建立与广大世界的真切的联系。

这才是初恋之赐予中最核心的东西。一种基于爱的，"于自己以外感到对于别人的爱着"；和一种诱导性的，"引起我没有明了的性之概念的，对于异性的恋慕"。

所谓情窦初开，爱和恋的共同作用，启蒙了懵懂少年，使他初尝人生的甜味与苦味，对于未来的人生，有了基于美好的人间关系的初步准备。

当此时刻，"在她是怎样不能知道，自己的情绪大约只是淡淡的一种恋慕，始终没有想到男女夫妇的问题"，这种关系与成人世界的男女之事还有着不小的距离，正是理所当然的。

三

张爱玲的《爱》也是为大家所熟知的名篇。
她说：

有个村庄的小康之家的女孩子，生得美，有许多人来做媒，但都没有说成。那年她不过十五六岁吧，是春天的晚上，她立在后门口，手扶着桃树。她记得她穿的是一件月白的衫子。对门住的年轻人同她见过面，可是从来没有打过招呼的，他走了过来。离得不远，站定了，轻轻地说了一声："哦，你也在这里吗？"她没有说什么，他也没有再说什么，站了一会，各自走开了。

就这样就完了。

后来这女子被亲眷拐了卖到他乡外县去做妾，又几次三番地被转卖，经过无数的惊险的风波，老了的时候她还记得从前那一回事，常常说起，在那春天的晚上，在后门口的桃树下，那年轻人。

可以说，这就是爱的力量。

"哦，你也在这里吗？"轻轻地问一声，一念之善，也许就支撑了人世的无限艰难。初恋的意味，是对于人格的培育，对于勇敢、善良等品格的启发和召唤，对于单纯、纯洁等境界的珍惜与神往。

初恋从字面上说是初次恋，原本没有限定必须是和所有对象的第一次恋，所以理论上说，和每一个对象都是可以有初恋的。古人诗中说："还将旧时意，怜取眼前人。"（元稹）又说："满目山河空念远，落花风雨更伤春。不如怜取眼前人。"（晏殊）这说的是，如果初恋已经不可追踪，也不必过于惋惜，比起过往，更重要的是对当下的感情的珍惜吧！当然这是玩笑话了，且供一乐。

我们这里所说的，或者是周作人所教给我们的，却是初恋虽小，所关甚大，在初恋里，人们奠定的是自己人生的根基。

# 青春注定是悲剧吗

## 李丹梦讲沈从文《边城》

一

《边城》是沈从文最负盛名的作品。它以川湘交界的小镇茶峒为背景，讲述了码头船总的两个儿子天保、傩送与摆渡人的外孙女翠翠的曲折爱情。

《边城》写得极美，它为我们勾勒了一幅纯净自然的优美画面：那里有青山绿水，有河边的老船夫，有十六岁的翠翠，有江流木排上的天保，有龙舟中生龙活虎的傩送……可惜，结局并不美好。由于一系列的不巧和误会，天保身亡，傩送出走，祖父也在一个暴风雨的夜晚死去了。

沈从文动笔写《边城》是在1933年冬，1934年4月19日完成。当时的中国危机四伏，东三省已然沦陷，国民党正在对共产党进行"围剿"。中国往何处去，成为文学创作无法回避的问题。

与同期盛行的左翼文学、抗战文学相比，《边城》

是个另类，这里看不到任何正在进行的现实矛盾，仿佛不食人间烟火。它跟沈从文的文化思维、对文学功能的定位有直接关系。沈从文反对文学充当政治的工具，他坚持文学的独立性、审美性，让文学致力于个体精神的守护。这并不意味着逃避中国问题，恰恰相反，在《边城》中沈从文提出了一个看似间接迂回却是根本的拯救中国的策略：那就是人性。

战争往往导致社会上功利思维甚嚣尘上，一般人在战争中看到的只是国家失败了，却感觉不到人性的颓败与扭曲。这让沈从文很痛苦。他觉得只有人的素质上去了，中国才会真正走出困境。

他写得很美，就此而言，《边城》不啻为用抒情诗写成的激越"呐喊"与"社会警示"。《边城》表现了一种"优美、健康、自然而又不悖乎人性的人生方式"，进而"为人类'爱'字作一恰如其分的说明"。


二


翠翠是《边城》的灵魂人物。

这是个父母双亡的孤儿，她的名字是爷爷起的，因为住的地方山上多竹林，翠色逼人。"老船夫随便给这个可怜的孤雏拾取了一个近身的名字，叫作翠翠。"书中说的"随便"其实绝非"随便"的笔触，这也是沈从文惯用的一种行文方式：越是在乎、在意的地方，笔触越是平静轻盈，甚至正话反说，言不由衷。当你最终领悟的时候，会蓦地感觉悲从中来。试想，孩子的父母已经不在了，姓氏都隐去了，名字不随便又能怎样呢？这是豁达的无奈，还是无奈的豁达呢？

不单如此，貌似随便的命名，也暗示了翠翠的生命存在是宛若山中翠竹般的自然天趣。在翠翠身上，决计没有社会、人群中的算计和功利。她生动活泼，又孤独异类。沈从文拯救人性的模板、旗帜，在翠翠的命名中已悄然升起。打量翠翠，也是在追溯和思索我们的本来面目。这里说的自然，是相对于社会而言的。在沈从文内心的价值天平上，翠翠式的自然人要高于我们这样的社会人、现代人。因为前者代表了原初和真纯，后者则因诸多造作、染污而难免虚伪。

似乎是为了印证和展开"翠翠"名字中埋伏的道理，沈从文紧接着给出了翠翠的相貌描绘，那是一段相当经典的文字：

翠翠在风日里长养着，把皮肤变得黑黑的，触目为青山绿水，一对眸子清明如水晶，自然既长养她且教育她。为人天真活泼，处处俨然如一只小兽物。人又那么乖，如山头黄麂一样，从不想到残忍事情，从不发愁，从不动气。平时在渡船上遇陌生人对她有所注意时，便把光光的眼睛瞅着那陌生人，作成随时皆可举步逃入深山的神气，但明白了人无机心后，就又从从容容的在水边玩耍了。

　　大家看，这绝非知识教化出的形象，翠翠是自然化育的精灵，她不会多愁善感，没有病态美，更没有"生于忧患，死于安乐"的长远、深刻意识。她只是一个如翠竹般健康、知足的少女，一切按照天意行事。"风日里长养着"，焕发出了翠翠黑黑的皮肤；青山绿水的滋润，营造了她清明如水晶的眸子。这哪里是在写人，也是在写自然嘛。她既是生命现象的呈现，又是自然现象的涌动。或者说，翠翠的身形已和自然融为了一体，她时时在跟自然进行着光合作用般的密切交流。

　　请注意，文中有两个很触目的语词："小兽物""山头黄麂"。用动物来形容人一般都带有讥嘲贬义的色彩（最常见的例子就是"敌人夹着尾巴逃走了"）。像沈从文这样把动物和心中供奉的美好人性结合起来，比较少见，也很冒险。这不是呼唤兽性的回归，而是指向一种未经开化的、浑然原始、童真自足的生命状态。它对被现代机制阉割的人性（我们称之为单面人，譬如，那些只晓得挣钱、斗争或死读书的人）具有特殊的参照和拯救意义。

文学在构建人类的救赎形式时，往往选择少女的意象，这是想象的一种模式，用曹雪芹的话说，叫"女儿"。《红楼梦》中的大观园之所以美好，就因为有那么一群似乎永远长不大的女儿在。她们的纯真洗涤了人间的尘埃污浊，让宝玉类的凡胎流连不已。女儿不能长大，一长大，大观园就分崩离析了。

　　《边城》里的翠翠显然也是属于"女儿系列"中的形象，自始至终，沈从文都小心翼翼地把翠翠铭刻在少女和青春的阶段。我们很难想象翠翠长大或衰老了会怎样，那应该是另一篇小说的故事了。倘若设计翠翠进城当了个勤劳致富的打工妹，那感觉也很怪，不伦不类的，翠翠应该不会这么有上进心和经济头脑吧。小说里有个跟"进城"近似的细节：翠翠在孤独中下意识地想到了"出走"，那是一个相当现代、时髦又叛逆的字眼。她想象爷爷用各种方法找她都没有结果，最后无可奈何地躺在渡船上，对人说："我家翠翠走了。我要拿把刀去杀了她。"翠翠被自己的想法吓住了，她心很痛，她叫着爷爷，果断打消了出走的念头。

　　看来，翠翠也觉得她只适于长在茶峒这样美丽、宁静而贫困的土地上，这里才是她的家。

# 三

在我们前面提到的关于翠翠身份的诸多假设中，已然涉及关于青春、少女的想象问题，我们觉得似乎存在那么一种叫作"青春"的标准。但究竟什么是青春？怎么讲述它才合宜呢？

一般说来，青春意味着年轻、青涩、不成熟，这是从成人社会及理性的眼光来看待和评价的。在成人眼中，青春是一个受忽视、被贬低甚至令人不屑的字眼，这跟少女和我们之前提到的"自然人"地位相同。我们时常会怀念青春岁月，因为那时我们不懂，少了算计和功利，会做点可笑又可爱的傻事，现在不会做了。但回想起来，能做傻事是多么美妙的感觉！那是青春的权利与魅力。

翠翠给人的启迪完全是青春式的。和城里女子相比，翠翠在爱情方面毫无概念和程式，她甚至不会表达自己的感情。《边城》读到后来，让人实在有点着急。为什么翠翠不能直接问傩送："你究竟有几个好妹妹？你和她之间，是否有了真感情？"这样不就把误会解开了吗？但，那就是翠翠。她就像一棵原地伫立、不事张扬、自我消耗的竹子，一切全凭本能行事。那种纯净、矜持、羞涩，让人怜爱心痛。翠翠不会教育你，也不会开导你，她话很少，那是自然人的语言，一种懵懂、本真的流露。沈从文对此写得很传神，我们不妨看下翠翠跟二佬傩送的几次对话：

翠翠第一次见二佬是在某年端午，她在河边等爷爷，二佬见她孤身一人便邀她到家里坐坐，却被翠翠误认为要带她去妓院。她骂了二佬"你个悖时砍脑壳的"，二佬笑着吓唬她："你不愿意上去，要待在这儿，回头水里大鱼来咬了你，可不要叫喊！"一个美丽的误会让二人情窦初生，悲剧也由此埋下伏笔：一切始于误会，又终于误会。最后爷爷来了，他连喊："翠翠，翠翠，是不是你？"翠翠轻轻地说："不是翠翠，不是翠翠，翠翠早被大河里鲤鱼吃去了。"这是在重复二佬之前的话，表明少女对二佬的印象多么深刻。

第二年端午，二佬去了青龙滩，翠翠和爷爷进城时没见到他。回去的路上，她问："爷爷，你的船是不是正在下青浪滩呢？"这透露出少女的牵挂。

到了第三年端午，二佬到翠翠家送爷爷落在城里的酒葫芦，翠翠居然没认出他来。这很难想象，两年中翠翠时常都牵挂着二佬，可二佬到跟前了，却没认出他来。翠翠只"觉得好像是个熟人。可是眼睛里像是熟人，却不明白在什么地方见过面。但也正像是不肯把这人想到某方面去，方猜不到这来人的身份"。这跟现代人实在太不一样了。现代人谈朋友就像看物品、看商品，对方几斤几两，多高多胖，瞧得不要太清楚。

一米六以下，不予考虑。可翠翠的爱情纯然是感觉，她甚至有些隐隐地害怕那炽烈的感情。这也算是青春的傻气、呆气吧。

在看龙舟竞渡时，翠翠和二佬再度相遇。翠翠当时正在找她的黄狗，迎面碰到了划龙舟失足落水、刚从水中爬起来、一身湿漉漉的二佬。路很窄，两人手肘相碰，却来不及细谈。

翠翠挤到水边找到了黄狗。黄狗张着耳朵昂头四面一望，猛地扑下水中。翠翠这时说了一句话："得了，狗，装什么疯！你又不翻船，谁要你落水呢？"——虽然翠翠说话很少，但说出来的却是句句精彩。刚才二佬翻船落水，她既心疼，又可气，这种郁结终于借着呵斥狗宣泄了出来。除了二佬落水，刚才看龙舟时听到的诸多议论也让翠翠不自在。"只看二佬今天那么一股劲儿，就可以猜想得出，这劲儿是岸上一个黄花姑娘给他的！"这话让翠翠心里极乱。

像翠翠这样一个纯真的少女，究竟如何在现实中栖身，沈从文其实并没有想清楚。我们知道，太晶莹的东西往往容易夭折，或者被冷漠的社会吞噬同化了。从结局上看，青春、少女、自然人似乎注定是和悲剧联系在一起的。沈从文最后让翠翠在无尽的等待中结束《边城》，也是没有办法的办法。说起来这已经算得仁慈的文学处理了。作者在结尾时还添了一笔意味深长的亮色："这个人（指傩送）也许永远不回来了，也许明天回来！"

　　沈从文创作《边城》是出于人性救赎的设计与希冀，翠翠便是他心目中理想人性的化身。虽然翠翠的结局并不美好，但悲剧也许正是人性救赎展开的方式，甚至是一种必然的方式。因为只有这样，你才会记住它、珍惜它并试图葆有、重建它。翠翠浑身发散的健康美丽，就像徐徐的清风，时时沁入被各种成规压抑的现代人的心脾。

# "孤独的爱情"与丰富的现代敏感

张新颖讲穆旦《诗八首》

一

《诗八首》写于 1942 年，穆旦二十四岁，已经处在现代汉语诗写作"探险队"的最前沿。"探险队"这个比喻，来自穆旦本人，他的第一本诗集就以此命名。

《诗八首》通常被看作组诗，其实可以直接看成是一首诗，一首爱情诗，分八个部分，前后衔接紧密，有头有尾，写出了一个完整的爱情过程。

说到爱情，我们不妨先自动联想一下生活里的爱情和文学里的爱情，看看浮现到我们脑海里的是什么，然后再来读穆旦的这首诗，做一个对比，或许更能体会穆旦的特质。

诗的开篇"你底眼睛看见这一场火灾"，第一句就描述出一个爱情现场。

把爱情比喻成火，说它的温暖和热烈，很常见，换句话说，也可能是陈词滥调；穆旦加了一个字，变成一个词"火灾",同时说出了它的热烈和危险,热烈到有可能成为灾难的程度。穆旦经常会在一个意象里包含不同的意思,这是一个很小的例子。

第二句紧接着深入这个现场,情形出人意料:"你看不见我,虽然,我为你点燃","你"和"我"之间的距离关系突显。

三、四句是冷峻的分析和深重的感慨:"唉,那烧着的不过是成熟的年代,/你底,我底。我们相隔如重山!"

"从这自然底蜕变程序里,/我却爱了一个暂时的你。"为什么是"暂时的你"?生命本身处在不停息的变化中,任何时候的生命都是"暂时"的,一旦没有变化,停滞了,生命也就不是生命了。这是"自然底蜕变程序",个体都在这个"程序"里。"自然底蜕变程序"也让我们回过头来理解上一节的"成熟的年代","你底,我底"青春也是"自然底蜕变"而来的。"你"是"暂时的你",那么"我"呢?当然也是"暂时的我",所以这一句其实是"暂时的我却爱了一个暂时的你",不稳固、不确定的性质愈发强烈。

"即使我哭泣,变灰,变灰又新生,/姑娘,那只是上帝玩弄他自己。"上帝玩弄"你"和"我","你"和"我"都是他的造物,也就是"玩弄他自己"。

从"成熟的年代"到"自然底蜕变程序"到"上

帝"，越来越清楚地显示出一种力量，这种力量既高于我们个体的生命，又内在于我们个体的生命，它时时刻刻作用于我们，也当然作用于我们的爱情。所以在爱的关系中，不仅仅有"我"，有"你"，还有这样一种无形却强大的力量，使得爱变得复杂和困难。而且，通过爱情，我们开启了对生命的思考。

这是第一首，它处在爱情开始的阶段，却呈现出了这场爱情的基本格局，呈现出了各种重要的因素之间的动态的紧张关系。

二

顺着对第一首的理解，我们来看下面的诗。

第二首，"水流山石间沉淀下你我，／而我们成长，在死底子宫里"。孕育生命的"子宫"却是属于"死"的，尖锐冲突的力量被扭结在一个短语里，强烈地突出了"成长"的生命所感受到的阻碍和抑制。"在死底子宫里"如何"成长"？"在无数的可能里一个变形的生命／永远不能完成他自己。"

接下来，"我和你谈话，相信你，爱你，／这时候就听见我底主暗笑"，"我底主"，那种力量又出现了，"不断地他添来另外的你我／使我们丰富而且危险"。有了成长、变化和新因素的加入，我们的生命才变得"丰富"，但不断"丰富"的生命也不断增加不确定性，对于爱情来说，也意味着"危险"。

第一首、第二首，是在爱的强烈渴求和对这种渴求的冷峻的理性思考之间，在这两种力量的纠缠、撕扯中艰难推进的，到第三首，理性暂时退场，青春和爱情的感受性得以充分表现。

这一首比较好读，越过"大理石的智慧底殿堂"，感受年轻生命里的"小小野兽"，"春草一样"的"呼吸"，"颜色，芳香丰满"，感受生命接触的"疯狂""温暖""惊喜"。

第四首承接第三首，"静静地，我们拥抱在／用言语所能照明的世界里"；但即使如此，也预留了危险：因为还有言语所不能照明的世界，"而那未成形的黑暗是可怕的"；不过，在"那可能的和不可能的使我们沉迷"之际，先不管它。"那窒息我们的／是甜蜜的未生即死的言语，／它底幽灵笼罩，使我们游离，／游进混乱的爱底自由和美丽。"


三


第五首，理性回来了，但它不表现为无情的怀疑，而表现为有情的肯定。自然的景物和自然的秩序引发"我"沉思，夕阳西下，微风吹拂田野的美好与平静，有其根源，是"多么久的原因在这里积累"；同样的原因，同样的力量，使"我"走向"你"："那移动了景物的移动我底心／从最古老的开端流向你，安睡。""那形成了树木和屹立的岩石的，／将使我此时的渴望永存。"与此永存的渴望同时，自然秩序的"形成"和"移动"，也启发"我"："一切在它底过程中流露的美／教我爱你的方法，教我变更。"

第六首，说爱情是一条"危险的窄路"，在相同而生的"怠倦"和差别造成的"陌生"之间，"我制造自己在那上面旅行"。"制造"，即从"我"分裂出一个"他"，"他底痛苦是不断的寻求／你底秩序，求得了又必须背离"。

第七首，上一节是对爱的祈求："风暴，远路，寂寞的夜晚，／丢失，记忆，永续的时间，／所有科学不能祛除的恐惧／让我在你底怀里得到安憩——"；破折号接下来的下一节，却并不能让这个祈求得到圆满实现："呵，在你底不能自主的心上，／你底随有随无的美丽的形象，／那里，我看见你孤独的爱情／笔立着，和我底平行着生长！""孤独的爱情"，不交叉，不融为一体，各自生长。

第八首结束全篇，说两个人像两片树叶，分享共同的阳光，这是"再没有更近的接近"了。"等季候一到就要各自飘落，／而赐生我们的巨树永青，／它对我们的不仁的嘲弄／（和哭泣）在合一的老根里化为平静。""赐生我们的巨树"让我们想起"自然底蜕变程序"，它对我们的嘲弄让我们想到"上帝"对他的造物的"玩弄"，而永青的"巨树"不仅"嘲弄"，而且"哭泣"，又让我们想到这是"上帝玩弄他自己"。

全诗以"化为平静"归结，实际上却很不平静。

《诗八首》热烈和冷峻交相作用，生动的形象和理智的思考紧密结合，身体的感受性和抽象的思辨一并展开，一并深入。穆旦在情感、意识和思想不同层面的现代敏感，在这个作品中体现得复杂、尖锐而丰富，成就了这篇中国新诗史上的杰作。

# 为什么小和尚的恋爱是美的

## 张业松讲汪曾祺《受戒》

一

汪曾祺的《受戒》是一篇奇异的作品，读来很多地方都给人惊异之感。

首先，它写于 1980 年 8 月，那是整个中国社会刚刚从"文革"的浩劫中走出来，社会物质和精神生活都还相当贫乏的年代。受制于贫乏的约束，人们对丰富性的想象力也是有限度的。所以这篇作品给人的第一个鲜明的印象，可能就是扑面而来的让人感到陌生而奇异的丰富的细节，比如，作品在介绍主角的时候说：

> 明海在家叫小明子。他是从小就确定要出家的。他的家乡不叫"出家"，叫"当和尚"。他的家乡出和尚。就像有的地方出劁猪的，有的地方出织席子的，有的地方出箍桶的，

有的地方出弹棉花的，有的地方出画匠，有的地方出婊子，他的家乡出和尚。人家弟兄多，就派一个出去当和尚。当和尚也要通过关系，也有帮。这地方的和尚有的走得很远。有到杭州灵隐寺的、上海静安寺的、镇江金山寺的、扬州天宁寺的。一般的就在本县的寺庙。

　　这一段关于和尚和和尚庙的知识，对于经历过"破四旧"的社会来说，就是陌生的知识，而整个作品故事背景的设定基于这种陌生的知识，无疑会引起读者的惊奇，也给作品的叙事空间带来了很大的张力。事实上，作品在"受戒"的题目和情节框架下，讲述的是小和尚的恋爱，角色与情节的冲突更是令人惊奇。

　　那么《受戒》讲的是什么故事呢？

　　它说的是一个叫明海的小和尚，出家以后，与庙旁边的一户人家建立起很密切的生活联系，在接下来的几年中，与这户人家年纪相当的小女儿——小英子，两小无猜，共同劳作、游戏、生活和成长，相互之间也产生了很亲密的情愫。直到明海要正式受戒的那一天，小英子主动向他表白，问："我给你当老婆，你要不要？"明海在被追问的情急之下，先是小声说了，被呵斥后又大声答"要"，于是成就了一个小和尚的恋爱。

# 二

　　这篇作品如今已成为当代文学中当之无愧的经典，其经典性来自多个层面，既有写作技巧上的，也有思想感情上的，其中最关键的是作者对于美、人性、健康的生活、诗意，以及什么才是人应该生活于其中的理想境界的想象和表达。在这个境界中，各种人间的人为的界限、禁忌和约束，都是不必要的，都是反人性乃至丑陋的。可以说，在这里体现了汪曾祺的一种根本看法：顺其自然的生活才是最理想的生活。

　　由此在叙事技巧上，汪曾祺的作品体现出一种所谓的"无技巧性"。所谓"无技巧性"，当然不是真的无技巧，而是能写得"随事曲折，若无结构"，看起来像没有技巧，仿佛真像他在《自报家门》中所说的那样："结构的原则是：随便。"随便不是真的随随便便，无论什么东西都可以牵着走，而是"随事"之便，由其曲折，在描摹刻画事情本身的发展逻辑的过程中，把故事的来龙去脉讲清楚，同时也把讲这个故事的用意实现了。

　　小和尚的恋爱，犯戒律吧？有戒律和爱情的冲突吧？会引起神界与俗界的矛盾吧？不可能有什么好结果吧？……如此这般，连串的悬念有待解决，作品究竟会朝哪个方向走，呈现为什么样的风格，不仅对读者是很大的吸引，而且首先对作者是很大的挑战。我们看到，汪曾祺最终是以"随事曲折"若无技巧的技巧，把这个主题下所可能埋藏的雷区，若无其事地一一拆除了，最后达成的阅读效果，竟然是此情此景之下，小和尚本来就是应该好好恋爱的，倘若明海和小英子的恋爱没有好的结果，我们不答应！

如此一来，所谓"受戒"，明的情节线上确实是像小英子所说的那样，小和尚"领一张和尚的合格文凭"的本来意义上的"受戒"，暗地里，或者说与此进程相伴随，另一条更重要的线索，是少年人在饱满丰富的人间生活——神俗混融、万物和谐的生活境界中，情感和理智均衡成长的过程，这个过程中的重要环节，就是恋爱。明海很幸运，在与小英子两小无猜的共同成长中，收获了人生的密戒——爱的给予和获得。

三

另一方面，这篇作品给人的突出印象是"无时间性"，好像卓然超拔于任何特定的时代之外，自成一体，所以尽管发表于 20 世纪 80 年代初，却似乎从未被联系时代加以讨论。洪子诚先生的《中国当代文学史》中也说："在自称或被称的文学群体、流派涌动更迭的 80 年代，汪曾祺是为数不很多的'潮流之外'的作家之一。"

但照我看来，汪曾祺在艺术表达上的独特性固然突出，但在作品的实质内涵和诉求上，却也不能说外在于时代文学。它固然没有"展览伤痕"，但谁也不能说，在文本表层的宁静恬美、丰富自在之下，没有一颗因为现实的单调贫乏和恶行恶状而深感受伤的心。

某种程度上，作品对庙事、农事、艺事和各种普通人的日常生活、各种奇技淫巧的极尽详尽之能事的描摹刻画，也是对他自己的"想象的匮乏"的补偿，好比一个过于饥饿的饕餮一样。作品中这样的细节太多了，只举一个明海被初恋击中的例子：

　　　　搓荸荠，这是小英子最爱干的生活。秋天过去了，地净场光，荸荠的叶子枯了，——荸荠的笔直的小葱一样的圆叶子里是一格一格的，用手一捋，哔哔地响，小英子最爱捋着玩，——荸荠藏在烂泥里。赤了脚，在凉浸浸滑溜溜的泥里踩着，——哎，一个硬疙瘩！伸手下去，一个红紫红紫的荸荠。她自己爱干这生活，还拉了明子一起去。她老是故意用自己的光脚去踩明子的脚。

　　　　她挎着一篮子荸荠回去了，在柔软的田埂上留了一串脚印。明海看着她的脚印，傻了。五个小小的趾头，脚掌平平的，脚跟细细的，脚弓部分缺了一块。明海身上有一种从来没有过的感觉，他觉得心里痒痒的。这一串美丽的脚印把小和尚的心搞乱了。

对这种少年的爱情刻画，一定出于作者心中最柔软的部分，与此同时，更是出自作者对何谓美好青春的想象和执念。作品结尾写着："一九八〇年八月十二日，写四十三年前的一个梦。"

梦是现实的镜子，如果现实太沉重，它照出的就是轻盈的翅膀和飞翔的想望。作品围绕一个小和尚的初恋，铺展一种"时间之外"的生活，从主人公身份、故事情节、人物言行到故事背景、风土人情乃至遣词造句等，果然无不令人有恍若梦寐之感，尤其是相对于刚刚从"文革"中走出来的阅读环境而言。

这究竟是一个怎样的梦呢？从标注的写作日期往前推，四十三年前的八月十二日，正是七七事变后一个月、八一三淞沪抗战打响的前夜。这个时间点未免太富于典型和象征意义，以及过于意味深长、含义丰富了。它不可能是可有可无、例行公事式的顺手交代，而必须被视为作品的有机组成部分。

文艺作品的这个部分有个专用名称叫作落款，在中国传统书画艺术中，落款是一门学问。汪曾祺深通书画，显然也把落款的学问带进小说中来了。《受戒》

的落款中隐藏着解读作品的关键信息，提示着作品的创作情境及意图等，如果充分解读了它，其实也就无须乎作者在作品之外自我阐发了。

## 四

当然，汪曾祺还是有许多关于自我的阐发的。

关于《受戒》，汪曾祺曾说："四十多年前的事，我是用一个 80 年代的人的感情来写的。《受戒》的产生，是我这样一个 80 年代的中国人的各种感情的一个总和。"又说："试想一想：不用说十年浩劫，就是'十七年'，我会写出这样一篇东西么？写出了，会有地方发表么？发表了，会有人没有顾虑地表示他喜欢这篇作品么？都不可能的。"还说："这篇小说写的是什么？我在大体上有了一个设想之后，曾和个别同志谈过。'你为什么要写这样一篇东西呢？'当时我没有回答，只是带着一点激动说：'我要写！我一定要把它写得很美，很健康，很有诗意！'写成后，我说：'我写的是美，是健康的人性。'美，人性，是任何时候都需要的。"

他还说："这两年重提美育，我认为是很有必要的。这是医治民族的创伤，提高青年品德的一个很重要的措施。我们的青年应该生活得更充实，更优美，更高尚。我甚至相信，一个真正能欣赏齐白石和柴可夫斯基的青年，不大会成为一个打砸抢分子。"

这些常常被引用的"夫子自道"，道出的正是汪曾祺对于理想生活的全部热望。总之，对于讲述这个故事的人来说，梦一样的生活，停留在了四十三年前的"八一三"的前夜，也就是江浙地区抗日战争全面打响的前夜。这个时间点之后，所有的一切不再可能，这是何等的伤痛！为了安抚和疗救这样的伤痛发愤而作，这样的文学，正是疗救社会的伤痛和贫乏、丰富我们对美好生活的想象的最好的文学。

# 我们为什么要一次次流浪

金理讲韩寒《1988：我想和这个世界谈谈》

一

大概四五年前，我参加过一次有趣的会议，由两拨人现场对话——其中一拨是 1980 年代走上文坛而迄今依然是中国文坛中流砥柱式的著名作家，另一拨就是我这个年纪的青年批评家。会场上有一位前辈发言，讲着讲着就开始批判韩寒、郭敬明，批判脑残的粉丝群体。就在他吐槽的时候，我听到背后传来一声嘟囔："谁说的！"——这声音虽然细微却分明表达着一丝对前辈发言的不满。回头一看，是听众席上的一位旁听者，看年纪是比我还小的"90 后"。我就身处这两种声音的代表者之间，那一刻非常惭愧。

因为我以文学批评为业，一个从事文学批评的人，原该在上述这两种声音之间架起沟通的桥梁，但目前来看这项任务完成得很差劲：一方面我们没有去告诉前辈，为什么他们眼中不入流的作品恰恰有可能拨动当下年轻人的心弦；另一方面，哪怕对韩寒、郭敬明，我们也没有认真对待过，对于两位的评价，往往会被流行的舆论声音所混同、淹没。

我接下来要表达的第二层意思是：韩寒不仅值得我们认真、严肃地去对待，而且值得我们以文学分析的方式去对待。

韩寒是个话题人物，经常出现在我们视野当中。

他以新概念获奖者的身份横空出世，然后迅速被包装成现行教育体制的反叛者、公民代表、时事热点的批判者、优秀的赛车手，甚至"国民岳父"，等等。除了新概念的那段经历之外，韩寒在流行视野中一直在远离文学，而我们也往往是以传媒话题甚至娱乐新闻的方式去看待他。

非常有意味的是，《1988：我想和这个世界谈谈》中有一个细节：主人公"我"读小学的时候，学校紧挨着儿童乐园。有一次"我"爬上了滑梯，又纵身一跃跳到了旁边升降国旗的旗杆上，"顺着绳子和旗杆又往上爬了几米"，这个时候，"我"既达到了"一个从来没有任何同学到过的制高点"，又面临着生命危险，老师同学们都挤在旗杆下，人群中有施救的，也有看热闹的……

结合韩寒的成名历程，这是一个非常有意味的隐喻：他年少成名，被各种各样的力量推到了常人难以企及的"制高点",但也"高处不胜寒";这各种各样的力量当中有商业、市场的炒作行为,也少不了韩寒本人有意无意的配合,但对这种合力、合谋,韩寒还是保持着一份清醒、警惕。

所以,我们要做的是,拨开那些形形色色的力量,回到文学的平台上,去体会韩寒作为作家的特殊性,以及《1988:我想和这个世界谈谈》这部小说内在的文学肌理,在这个基础上,将审美与社会、作家作品与历史语境等信息内外呼应、结合起来。

二

小说写"我"开着一辆1988年出厂的老爷车上路,去迎接监狱里出来的朋友,这一路上,既回溯自我的成长经历,也不断遇到新鲜的人事,最主要的是遇到了洗头房里的小姐娜娜,娜娜已经怀有身孕,一路上两人分分合合产生了温暖而真挚的感情,但最终娜娜不辞而别。两年后,"我"收到了娜娜辗转托付给"我"的孩子。

我们不妨从这段感情开始谈起。

"我"是无业青年,娜娜是洗头房小姐,两人萍水相逢,从身份来看,他们都是被挤到社会角落里的边缘人。

小说里有这样一个细节：有天晚上，一帮以扫黄为名义实则是来敲诈的人闯入了"我"和娜娜的房间，但荒诞的是，这帮人中负责取证的摄影师"镜头盖没开，只录到了声音"，于是他们要求"重新进来一次"，并且喝令"我"和娜娜"保持这个姿势不要动"。但因为房门已经被踹坏了关不上，于是摄影师掏出一块手帕压在门缝里以便门被关严实。当门再一次被踹开时，手帕飞了出来，正好落在"我"脚边，"我"连忙拾起手帕扔给娜娜，让她好歹遮掩一下，而"我"因为这个举动支付的代价是"被一脚踢晕"……

这里，韩寒特意写了一笔：当手帕从眼前掠过时，"我"看到"手帕上绣了一个雷峰塔"。众所周知，雷峰塔是以暴力镇压的方式粗暴介入、干涉真挚情感的象征，"我"和娜娜都是被权力所污辱的人。在这个冷酷的世界上，只有他俩彼此间互相体恤、抱团取暖。所以，"我"不惜以被踢晕为代价，以传递一块遮身蔽体的手帕的方式，来维护娜娜残存的一丝尊严。"我"和娜娜之间的感情，就是通过类似上述互相体恤、抱团取暖的时刻建立起来的。

小说后来还通过另一个细节来升华了这段感情："我"叫娜娜站到窗户边，把阳光遮住，好让自己睡觉。等"我"醒过来时发现，从下仰望，那个站在床边被阳光穿透的女孩形象，仿佛圣母马利亚……

这一刻在"我"眼中，娜娜完全超越了她原本低贱的身份，变得如此圣洁。由此再来理解小说最后娜娜托付给"我"的婴儿就顺理成章：娜娜的这个孩子是私生子，父亲是谁不知道，他的出生环境想必免不了血污、肮脏，他的未来肯定也要面临各种艰险，但韩寒要强调的是，这个孩子是健康的、纯洁的。

读到这里，其实挺令人感动，这是一个"80后"作家在隐喻新生命的艰难诞生啊。

我们上面分析的韩寒小说情节，其实可以抽样出经典文学尤其是中国古典文学中的两个原型结构——同是天涯沦落人和托孤。前者比如白居易的长诗《琵琶行》以及马致远据此改编的元杂剧《青衫泪》，往往表现郁郁不得志的落魄读书人和流落风尘的女子同甘苦共患难；后者比如原载《史记》又被后世无数戏曲、戏剧所改编的《赵氏孤儿》，往往表现将身后的孤儿郑重托付给别人，这个过程会牵涉出各种力量的参与、争夺。


三


《1988：我想和这个世界谈谈》这部小说，一开篇的第一句话是"空气越来越差，我必须上路了"；结尾写"我带着一个属于全世界的孩子上路了……这条路没有错，继续前行吧"。

这是韩寒作品中反复出现的人物形象和姿态——一个青年人在路上流浪。主流舆论对韩寒的批评也一再集中到这个焦点上，为什么我们时代的年轻人这么虚无，茫无目的地流浪？《1988：我想和这个世界谈谈》中经常出现这样的表达："我不能整天都将自己闷在这样的一个空间，我需要开门，但我只是把自己闷到稍大的一个空间里而已，那些要和我照面走过的人一个个表情阴郁"，"这个世界上没有什么比从高墙里走出来更好，虽然外面也只是没有高墙的院子"……这些句子要表达的意思无非是门内门外、墙内墙外都无地自由，为什么我们身处一个变革的大时代，韩寒笔下的青年人却觉得无地自由？

这部小说中的很多人物和情节，后来被韩寒改编成电影《后会无期》，这部电影回答了流浪的起源或者说根源。在电影一开始的情节里，冯绍峰饰演的主人公回到家乡，准备投身家乡建设，这里其实延续了中国当代小说尤其是以青年人为主人公的小说的核心主题——青年人发现身处的环境不健康、有待改进，于是投入环境，试图改变，最后，在完善环境的同时也获得了个人幸福。我们发现，在这个主题里，青年人和社会之间有着有机的关联，但是这种关联，在韩寒看来今天可能已经不存在了。

电影《后会无期》里，满怀热情回到家乡的主人公，在一次集会中准备登高一呼发动群众，结果不但人家不要听，连话筒音响都被停掉了，这个青年人无比绝望，只能背井离乡、上路流浪……所以，韩寒笔下的年轻人不像主流舆论所批评的那样，他们其实有理想，原本对世界、对社会充满着热望，但是因为种种客观原因，他们感觉不到、摸索不到可以实现理想、报效社会的途径，几番受挫之后，就变得颓废、虚无起来。

1922 年的时候，茅盾先生写过一篇文章，题为《青年的疲倦》。那是五四新文化运动的退潮期，类似颓废、虚无的青年想必正不少，和今天一样，当时的舆论也在指责青年的暮气沉沉。

但是茅盾却很为青年人叫屈，他说：

　　理想与现实的冲突，各派思想的交流，都足以使青年感得精神上的苦闷。青年的感觉愈锐敏，情绪愈热烈，愿望愈高远，则苦闷愈甚。他们中间或者也有因为不堪苦闷，转而宁愿无知无识，不闻不见，对于社会上一切大问题暂时取了冷淡的态度，例如九十年代的俄国青年；但是他们何曾忘记了那些大问题，他们的冷淡是反动，不是疲倦，换句话说，不是更无余力去注意，乃是愤激过度，不愿注意。

请注意，茅盾先生的意思是，青年人的冷淡、虚无、"没意思"，恰是"反向而动"，拨开这些表面现象，我们恰能发现底下"锐敏的感觉""热烈的情绪"与"高远的愿望"，总之，青年还未被彻底压服，他们的血依然是热的。

最后，让我们再回顾一下上面提到的托孤意象，那个婴儿虽然起于血污，但历尽艰难险阻而依然活泼、圣洁，新生命的诞生不正代表着韩寒们对未来的庄重承诺吗？在流浪的路上，希望依然在发出召唤……

# 受伤的心重新上路

## 金理讲余华《十八岁出门远行》

一

余华的成名作《十八岁出门远行》，我们不妨把它理解为一部成长小说。

小说讲述年轻的"我"初次出门闯荡世界，但是崭新的、外部的世界不断地否定、消解"我"原先的内在经验。小说中有一段"看山看云"的语段反复出现，是我们理解这部作品的钥匙。

第一次出现时的原文是这样写的：

> 我在这条路上走了整整一天，已经看了很多山和很多云。所有的山所有的云，都让我联想起了熟悉的人。我就朝着它们呼唤他们的绰号。所以尽管走了一天，可我一点也不累。

根据上面这段话，读者可以做出推论：

尽管小说中的"我"自以为已经长大成人，尽管"我"实际上已经投入到一个陌生世界中，但其实"我"还没有做好准备。主人公并不是去面对、探索未知的东西，并不是培养自己面对新事物的新鲜经验，而是试图把外部陌生的东西"熟悉化"、符合自我原先的期待，扩展一点说，就是把社会现实纳入自己的价值体系中，把外部世界整合到自己原先的认识中，动用这种"熟悉化"的程序能够给自身带来一种安全感。

我们要来解释下什么叫"熟悉化"的程序。

大家不妨想象一下，假设你去国外留学，初来乍到，陌生的环境不免让你焦虑、紧张，这个时候，也许你会有意给自己做一道家乡菜，那熟悉的味道一下子把你带回了家人身边。同样道理，当小说中的"我"置身于全新的现实时，也在使用"熟悉化"的程序来抵消焦虑和紧张。

这个不难理解，但大家也许还是会有疑惑，如果我们总是退守到熟悉的氛围中，不敢直面不断流变的现实，那么我们如何更新自身的经验呢？如何面对日新月异的世界呢？

请不要着急，我们在此留个伏笔，"看山看云"的语段在下文中会一再重复。

## 二

小说情节其实很简单："我"十八岁出门远行，走了一天疲惫了，想找家旅店休息，但找来找去找不到，小说里写：

> 公路高低起伏，那高处总在诱惑我，诱惑我没命奔上去看旅店，可每次都只看到另一个高处，中间是一个叫人沮丧的弧度。尽管这样我还是一次一次地往高处奔，次次都是没命地奔。

如同西绪福斯神话——那个遭受惩罚的神灵，不断推石头上山，石头又因重力不断掉下，于是循环往复，无有止境。同样，在余华小说中"我"没命奔跑又次次落空的这一时刻，生活第一次显示了它的无意义和荒谬感，但问题随即解决："我"找到一辆卡车，并且递了香烟给司机，"我"满以为这是一种"交换"的达成而"心安理得"，以为既然司机"接过我的烟，他就得让我坐他的车"，但当"我"搭车的时候，司机却"用黑乎乎的手推了我一把"并粗暴地让"我"滚开。这虽然是非常失礼的举动，但其实可视作一种提醒，提醒年轻的"我"：世界并不是按照你熟悉的游戏规则来运行的，你的内在经验并不足以应对外在现实。

可惜，这一提醒并未引起"我"足够注意，因为司机转变了态度，"我"登上了卡车，而且两人相处得不错。

于是，第一次的危机被化解了。也就是说，"我"似乎与外部世界建立起了一种彼此信任的契约。在主人公看来："我"用原来熟悉的人名去命名那些山和云是贴切的，"我"启用原来的游戏规则是能通用于现在这个世界的。

于是"看山看云"的语段又一次重复，小说里写：

> 车窗外的一切应该是我熟悉的，那些山那些云都让我联想起来了另一帮熟悉的人来了，于是我又叫唤起另一批绰号来了。

但好景不长，卡车抛锚停在公路上，车上的苹果被一群人哄抢，"我"去阻止这不义的举动，却被抢苹果的人围殴。至此我们要对小说稍作总结：十八岁的"我"初次远行，一开始总以为自己原先的经验足以应付陌生的世界，总以为可以和现实建立起安全、彼此信任的契约，但是一场暴力围殴撕毁了这一契约，以赤裸裸的形式警告"我"——别想得太天真，过往的经验没有办法去处理日新月异的世界。

我们可以从这里引申出小说的一个主题：人类经验的不可凭据。

这个主题往悲观的方面说，人永恒地处于一个"陌生"的世界中，就如作家米兰·昆德拉所言："我把缺乏经验看作是人类生存处境的性质之一。人生下来就这么一次，人永远无法带着前世生活的经验重新开始另一种生活。人走出儿童时代时，不知青年时代是什么样子，结婚时不知结了婚是什么样子，甚至步入老年时，也还不知道往哪里走：老人是对老年一无所知的孩子。从这个意义上说，人的大地是缺乏经验的世界。"（米兰·昆德拉：《小说的艺术》）但反过来积极一点说，既然人类的经验总是会"过时"，那么就需要不断更新、开放自我面对世界的态度。

三

在小说结尾，遍体鳞伤的"我"发现同样遍体鳞伤的"卡车"：

> 我打开车门钻了进去，座椅没被他们撬去，这让我心里稍稍有了安慰。我就在驾驶室里躺了下来。我闻到了一股漏出来的汽油味，那气味像是我身内流出的血液的气味。

外面风越来越大，但我躺在座椅上开始感到
暖和一点了。我感到这汽车虽然遍体鳞伤，
可它心窝还是健全的，还是暖和的。我知道
自己的心窝也是暖和的。我一直在寻找旅店，
没想到旅店你竟在这里。

这个结尾具有开放性，能够引发多重理解。

理解一：十八岁的"我"出门远行，在外部世界
走一遭，遭遇了挫折，最后回归到内心世界。也就是
说，虽然遭遇了一场暴力围殴，但人物的结局却不乏
乐观。

故事告诉我们：外在世界尽管充斥着荒诞、背叛
和暴力，但只要我们持守"健全""暖和"的内在世界，
生活和生命的意义还是可以重新设定的。小说看似荒
诞的情节其实要表达的是：年轻的"我"在退回内心
世界的过程中发现了"自我"，在"内在自我"之上建
立起个人独特的价值。由此我们应该充分重视小说中
那场暴力围殴的意义，对于年轻的"我"来说，这诚
然是一场灾难，但是这一痛苦的经历对于真正的成长
来说又是必需的。

在典型的成长小说中，这被理解为"顿悟"，一种
突发的精神现象，借此主人公对自我或事物的本质有
了深刻理解。那么顿悟的必要条件是什么呢？就是中

止我们一开始提到的"熟悉化"程序,让"山"和"云"显现出其原来的面貌。所以小说结尾写道:"天色完全黑了,四周什么都没有……那时候开始起风了,风很大,山上树叶摇动时的声音像是海涛的声音,这声音使我恐惧……"

你看,到了这个时候,"我"原先那招"熟悉化"的程序不管用了,现实的本来面目开始呈现,"我"曾一度以为"一切应该是我熟悉"的外部环境变得陌生、"使我恐惧";但是,恰恰在这个过程中,一个人离开了原先的生活环境和"安乐窝",对过往坚信不疑的经验和世界观产生了怀疑,在怀疑的意识当中,孕育出"新的自我"。

理解二:也许不像上面那种理解那么乐观,因为,当"我"蜷缩在卡车里体会着"暖和"的内心世界时,一个行动的主体也消散了,同时萎缩的,还有这个主体在现实世界中实践自由意志、展开行动的决心。

主人公会不会这样告慰自己:你看,外部世界充斥着荒诞、背叛和暴力,"我"曾经做过抗争,但都失败了,失败就封锁了继续行动与抗争的意义,"我"只有退回到自己的内心之中,在那里也只有在那里,"我"才是安全的。在这样一个逃离外部世界的过程当中,主人公也告别了社会,同时,也卸下了自己对世界的责任。

理解三：必须强调的是，以上提供的都只是一种猜测，其实小说中"我"的未来走向依然有再度开放的可能性。

"我"在小说中寻找的是"旅店"，我们把"旅店"理解为暂时休憩之所。"旅店"毕竟不是"家"，只要当"我"在"旅店"中安抚好伤口，重新上路，重新置身于尽管荒诞但也必须去直面、闯荡的现实世界之时，新的可能性就又诞生了。我们还必须注意到这部小说有一个类似"公路小说"的外形。公路小说表达了不停地行走、永远在路上的情境，其中凝聚着人类不竭探索的精神主题。

其实，不管我们如何理解小说的结尾，它都给了我们一个启示：对于我们每个人来讲，一个健全而温暖的内心世界的重要性，无论怎么估量都不为过；但同样重要的是，人应该具备重新上路的勇气和不断行走的实践……

# 走出生活的幻象

金理讲王安忆《妙妙》

一

在你身边有没有这样的女孩子：她心比天高，但自我预期和自身实际之间有着巨大差距；她拼命想在某个方面表现出特立独行，但在周围人眼中这只是不可理喻；她讨厌目前身处的环境，想要投身到一个远方的大世界中，但她实在不具备实现梦想的配套技能，甚至她对这个梦想本身也没有几分清晰的认识……

王安忆笔下的妙妙，就是这样一个女孩子。

那么，我们如何来理解这种拥有倔强个性的女孩子呢？如果我们完全就是以一种看待怪物的眼光来看待她们，这种眼光本身是否合适呢？

在小说的起点，妙妙十六岁，生活在远不算开放的头铺街，那是 1986 年，妙妙心心念念向往着北上广一线大都市的生活。妙妙委身的第一个男人，是来头铺街拍电影的摄制组中的北京演员，在这个渣男的诱骗下，妙妙献出了自己的身体。

这一切是如何发生的呢？

小说里这样写妙妙的心态："这些普通的话由他（北京演员）那一口清脆悦耳的北京话说出来，有一股难以形容的好听的味道。妙妙的心不觉柔和下来……"原来诱骗的工具就是"那一口清脆悦耳的北京话"，女性读者肯定会惊呼：妙妙太傻太天真！

可是我们追问一下：如果现在在你面前、与你交往的那位男生，说一口标准的美语，或者流利的伦敦腔，你会不会情不自禁地给这位男生加分呢？所以，当年的北京话，和今天的美语、伦敦腔，在以妙妙为代表的女孩子面前，其实是同样性质的东西，它们象征着"远方世界"、"美好的未来"、更加高级的生活，如同一种文化符号，它携带着权势的力量，标举着方向和落差，指向都市、域外、全球化，向着所谓的"现代"无限开放。

二

妙妙到底是如何来理解"现代世界"的？

我们不妨通过三个细节来分析：

第一，北京演员离开之前送给妙妙唯一的一件礼物是"一只小小的半导体收音机"，这是妙妙想象远方世界的非常重要的载体。

然而尽管"妙妙就很专注地听着",但是"这只收音机的频道很难调准,总是咯吱咯吱响着,发出模模糊糊的声音"。这是不是在暗示:妙妙所接收的远方世界的信息与图景其实模糊不清,信息的"模模糊糊"与接收者的专注虔诚构成一种微妙的反讽,妙妙就沉浸于误读性的幻想之中。

第二,妙妙"只崇拜中国的三个城市:北京、上海、广州。然而事实上,她连县城也仅仅去了一回",小时候生病,公社医院将普通感冒诊断为猩红热,父母连夜将妙妙送往县城⋯⋯也就是说,妙妙从来没有踏足过一心向往的北上广,去过最远的地方不过是县城,且居然是缘于一次误诊,妙妙和远方世界的关系是多么荒诞。

第三,尽管妙妙一再撇清与头铺街的关系,但在来自远方世界的人眼里,妙妙就是头铺街女孩的代表。有一次她遇到摄制组的女主角,后者表示要和妙妙换一下服装以体验头铺街当地的生活,也就是说,妙妙苦心经营的、在头铺街与众不同的服装,在一个来自城市的"时髦青年"眼中,却正是头铺街的代表装束。小说里写,妙妙眼泪都要下来了。

由上面三个细节可以看出,妙妙无时无刻不在构想的与远方世界的关系,其实虚无缥缈,经不起追究。

妙妙主要通过服饰打扮来显示对北上广的追随，由此在头铺街人的眼中显得格格不入。王安忆这样剖析妙妙心中的苦恼：

> 妙妙的这些苦恼，已不仅仅是有关服饰方面的具体问题，而是抽象到了一个理论的范畴，含有人的社会价值内容，人和世界的关系，及人在世界中的位置，这些深刻的哲学命题在此都以一种极朴素的面目出现在妙妙的思索和斗争中。

王安忆称妙妙为头铺街上的"哲学家"，"思想上走到了人们的前列"。

对于服饰的功能、意义，我们一般可以通过三个层次来把握：第一，满足于遮身蔽体、防寒保暖的实用性；第二，追求光鲜、漂亮的美学性；第三，再往上走一层，关涉个人身份、认同的精神性。妙妙显然执着的是第三个层次，所以尽管她在意这些打扮似乎讲求的是物质细节，但是她越来越远离生活而将自己放逐到一个精神性的困境之中，困境的根源是，妙妙迫切地要实现身份转换，但自身又根本不具备实现身份转换的能力。

所以我们在面对妙妙的时候，经常会有一种别扭的感觉：这个人物总是和自己最切身的实际感受拧着来。比如，她并不是真的那么高冷、孤僻，小说里明明写妙妙也"想着去找个人说说话，说说心里的苦处，说说那一个中午和晚上的事情，可是她又想，要把这些事说出来了，她还有什么呢？人们都理解了她，她还凭什么孤独呢？她要是不孤独了，和头铺街上的女孩还有什么区别呢？如果和头铺街上的女孩没了区别，她妙妙还有什么特别的价值呢？她凭什么骄傲呢？妙妙要不骄傲了，妙妙的生活还有什么意义呢"。

你看，这里甚至发生一种变异：

妙妙以前是觉得自己对流行时尚的判断与众不同，和周围的人缺乏共同语言，所以比较孤独；后来情况变成为了塑造、成全、保持这种孤独感，她只能缄口无言，哪怕其实心里挺想交流的，最终还是要屏住。又比如，当北京渣男侵犯她的时候，难道妙妙不觉得这是一种伤害吗？小说中写，当男人抱紧她的时候，"妙妙想：她是没指望了。她这样想的时候，胸中却充斥了一股悲壮的激情，她想：她是一个多么不同寻常的姑娘啊！她想：头铺的街上是没有像她这样不同寻常的姑娘的"。什么叫"悲壮的激情"——意识到这是一件痛苦的事情，但又觉得值得，简直是一种"自我献祭"。她是以对这一事件的处置态度来显示自己的与众不同，尽管这一事件给她带来的可能是伤害，可能悖逆了一般人的身体和日常感觉。

妙妙遭遇种种不幸的根源，可以理解为丧失生活实感的精神抗争，总是渴望用占据权势地位的文化符号所派生的幻想来替代自身的现实。

三

幸好在小说结尾出现了转机。

妙妙委身的三个男人先后离去，妙妙生了一场大病，"病好了以后，还在招待所做服务员"，却开始"以礼待人"，和周围的人"说说笑笑"，"人们也渐渐习惯了妙妙的行事"，当妙妙向周围世界释放善意之后，周围世界也开始接纳妙妙。

我们比较积极、乐观地看待妙妙命运的走向，主要可以着眼于结尾处两个细节：

第一个细节，在头铺街取景的那部电影摄制完毕，到头铺街上来放映，妙妙也去看了，"电影一幕幕在眼前演出"，"妙妙在心里漫漫地想着"。这哪里只是在看电影，妙妙是在观看自己曾参与其中甚至一度自编自导的人生活剧，就仿佛揽镜自照，妙妙终于通过镜子开始审视自己和过往的生活。就像古希腊哲人说的那样：未经反省的人生是不值得过的。此刻妙妙终于产生了反省的意识：当她开始意识到自己终究只是凡人，没有资格傲视周围的人，并且在先前封闭孤独的内心世界上打开一扇门，这才是一种健全的认识和"新的自我"的获得吧？

第二个细节，电影散场以后，妙妙一个人走在路上，想象着"这世界上有两种落单的命运"，于是产生两段议论，但紧接着"妙妙被自己的念头逗笑了，她对自己说：哪来的这许多念头的，就继续向前走了"。这样一种"断念"是不是可以理解为：妙妙告别先前"哲学家"式的生活以及孤绝无援的精神抗争，开始投入有血有肉的实际生活。

《妙妙》这部作品值得推荐的地方还在于，人物形象的多元理解与开放性。大家不妨再思考一下，转变前的妙妙，还有没有积极的意义呢？比如我们可不可以把妙妙理解为头铺街的先驱者？提到先驱，也许你会想到诸如布鲁诺、马丁·路德·金、波伏娃这些个精英的名字。不过我们可不可以设想这样一种情形：几年之后，头铺街又出现了更加年轻的"妙妙"，那个时候，也许头铺街的人会说："这不就是当年的妙妙吗？不值得大惊小怪的。"

尽管妙妙主观上不会有这样的担当意识，但是她的存在，提醒人们更加宽容地去看待自由和选择，将束缚人性的那条底线松动了一小步，哪怕只是一小步。

我们是不是应该向妙妙致敬呢？

# 青春岁月里的阅读和奋斗

## 金理讲路遥《平凡的世界》

一

毋庸讳言，从文学性上来讲，《平凡的世界》其实很平凡，甚至今天看来有点老土，词语不精致，技法很粗糙。比如，在经过福楼拜等现代小说大师的教诲之后，一般读者都认为小说中不加节制地插入作者的议论，这是非常低级的文学手法。相反，作者在作品当中应该尽量隐藏自己的观点，即使要有所呈现，也应该通过客观的描绘、点点滴滴的细节暗示出来，而不是现身说法。然而路遥在自己的作品中特别喜欢发表议论。可是，《平凡的世界》早就拥有了一代又一代的读者尤其是青年读者，它长期占据各大高校图书馆借阅记录的榜首，这又是为什么呢？

想先和大家聊一聊我第一次见到路遥这个名字的亲身经历。那时候我在一所寄宿制高中念书，有天晚上睡到半夜，忽然觉得床板在晃动，莫非是地震，一激灵赶紧从上铺爬下来，发现睡在我下铺的同学就着昏暗的灯光还在看书，一边看一边颤动着身体。我拍拍他问，在看什么书？映入我眼帘的首先是同学那张泪流满面的脸，然后是厚厚的一本书，书封上印着"平凡的世界"。这是我第一次看到路遥的名字和他的作品。后来才知道，上述这样的经历，在贾樟柯、马云以及一代又一代的读者身上都类似地发生过。今天我们一边回访《平凡的世界》主人公孙少平的经历，一边尝试回应这样一个问题：一部看上去文学性不那么"高级"的小说，凭什么具备久远而深刻的、打动人心的力量？

## 二

　　《平凡的世界》以孙少安、孙少平两兄弟为中心，全景式地展现了中国当代城乡社会生活的演变。小说第一部的大幕拉开于 1975 年，农民子弟孙少平高中毕业，回到家乡做了一名教师，一边完成本职工作一边密切关注着外面的世界，同时与县革委副主任的女儿田晓霞互生好感。到了小说第二部，哥哥孙少安成为小说的主角，凭借改革的春风，孙少安领导生产队率先实行、推广生产承包责任制，成了公社的"冒尖户"，然后以灵活的头脑、弄潮儿的勇气和坚定的责任心来先富带动后富。孙少平则怀着满腹才华和对远方世界的热望外出闯荡，从揽工汉到建筑工人，最后成为优秀的煤矿工人。在第三部中，恋人田晓霞在抗洪采访中不幸牺牲，孙少平悲痛不已。随后他自己又在一次事故中为救护工友而身受重伤、面貌尽毁，然而他并没有被苦难压垮，小说最后，孙少平从医院出来，重回矿山，迎接新的生活和未来的挑战。

小说以这一广阔历史画卷为背景，凸显出了主人公孙少平这一充满理想主义气质的文学青年形象。今天我们想象当中的文学青年总是不接地气、脱离现实、对困难有种种的抱怨。而当我们品读孙少平的成长经历时，却会发现，他身上的气质是我们今天青年人所缺少的。

那么是什么塑造了孙少平这一理想主义的气质呢？是文学阅读。在家乡双水村务农劳动时，孙少平就不忘每天读书看报。阅读是如何改变孙少平的？路遥描述了孙少平第一次接触到《钢铁是怎样炼成的》这本书时的情景，原文是这样写的：

　　　　他一下子就被这书迷住了。记得第二天是星期天，本来往常他都要出山给家里砍一捆柴；可是这天他哪里也没去，一个人躲在村子打麦场的麦秸垛后面，贪婪地赶天黑前看完了这书。……天黑严以后，他还没有回家。他一个人呆呆地坐在禾场边上，望着满天的星星，听着小河水朗朗的流水声，陷入了一种说不清楚的思绪之中。这思绪是散乱而飘浮的，又是幽深而莫测的。他突然感觉到，在他们这群山包围的双水村外面，有一个辽阔的大世界。

　　孙少平的祖祖辈辈都是农民，每天无非面朝黄土背朝天式的机械而重复的劳动。然而在阅读中，他发现世界不仅仅局限在当下生活的双水村，他通过书本走了那么多地方，思想也不仅仅局限于原来的那个小天地。然而阅读却无法帮助孙少平改变出身的阶层。孙少平的女朋友田晓霞曾经对他说："我发现你这个人气质不错，农村来的许多学生气质太差劲。"这听上去的确是对孙少平的夸奖，可是其中却包含着如孙少平这般的农村子弟无法摆脱的标签。阅读实现了他内在气质的转变，却难以帮助他挣脱和超越出身的阶层。

　　讲到这里，我忍不住要把孙少平和赵树理的名作《小二黑结婚》当中的主人公，农村青年小二黑做一个对比，可以说，农村青年小二黑是路遥笔下的孙少平在文学史上的前身，而重要的区别在于：小二黑为自己农民的身份而自豪；而孙少平却意识到，"他的环境、他的阶层身份不是给他带来了精神上的愉悦和信心，

而是苦闷和焦虑"。(杨庆祥:《妥协的结局和解放的难度——重读〈人生〉》)

## 三

阅读造成了这种苦闷和焦虑，却无法解答它。所以当城市化大潮启动之后，读了那么多书的孙少平，注定只能以农民工的身份来进城。对于孙少平这样的打工者来说，现代城市的吸引力来自对未来的一种模糊、朦胧的希望和想象，恰恰是文学阅读有力地导引了这一希望和想象的过程。然而孙少平却在城市遭受了种种不平等待遇。特殊时期严格的户籍制度，限制人口在农村和城市之间流动。在这种客观形势下，路遥根本没有办法为他笔下心爱的主人公提供切实有效的进城和上升的通道，而现实中的种种问题只能通过阅读来消解。

在《平凡的世界》里有一个非常感人的片段。孙少平进城打工之后，恋人田晓霞和哥哥孙少安一起来找他，他们穿过了堆满建筑材料的楼道，楼道里没有灯，地上的水泥还没有干，勉强能下脚，每一间房间都没有窗、没有门、没有水、没有电，他们终于看到楼道尽头的一间房间透着光亮，走过去一看，竟看到了下面的景象。小说里写道：

孙少平正背对着他们，趴在麦秸秆上的一堆破烂被褥里，在一粒豆大的烛光下聚精会神地看书。那件肮脏的红线衣一直卷到肩头，暴露出了令人触目惊心的脊背——青紫黑癜，伤痕累累！

《平凡的世界》的读者肯定会对上面这个场景过目难忘。孙少平在一粒豆大的烛光下聚精会神地阅读，想必依然憧憬着远方的世界。然后这段话最让人动容的地方是路遥在最后呈现的孙少平"青紫黑癜，伤痕累累"的脊背，这恰恰是现实对阅读的强行契入，是对文学的强行打断。

我们不禁要问，像孙少平这样的青年农民，在迈向城市的进程当中，要付出多少惨重的身心代价，可是孙少平在阅读里找到了答案。小说中写道："书把他从沉重的生活中拉出来，使他的精神不致被劳动压得麻木不仁。通过不断地读书，少平认识到，只有一个人对世界了解得更广大，对人生看得更深刻，那么，他才有可能对自己所处的艰难和困苦有更高意义的理解；甚至也会心平气静地对待欢乐和幸福。"

# 四

可以说，阅读赋予了孙少平一种忍辱负重的哲学，无论是自己的出身、社会制度的不合理，还是现实生活的困境，都被孙少平看作是个体奋斗与自我完善所必须经历的严酷考验。他将苦难和个人困境归于自我一身，内化为忍耐、坚忍、吃苦耐劳、自我牺牲的个人品质。这就如同孟子所说："天将降大任于是人也，必先苦其心志，劳其筋骨，饿其体肤，空乏其身，行拂乱其所为，所以动心忍性，曾益其所不能。"理解了这一点，我们就不难理解，为什么孙少平身上充满永远不会被困难打倒的奋斗力量。

在小说中，孙少平就像是一个不断行走的过客。路遥经常描写孙少平迎着清冷的晨风，在静悄悄的街道上匆忙地走着……这种永无止境的行走在当下的姿态，暗示着孙少平拒不接受在一个安排好的秩序当中扮演一个被派定的角色。阅读虽然无法改变孙少平的出身，但最终在他身上凝结成一份充满抗拒和反省力量的文学气质。这种尽管模糊无法具体赋形，却又真真切切的对未来、对另外一种可能性的想象和不放弃，恰恰是我们今天这一代青年人依然值得去珍重的品质。

大家可能还记得，我们一开始抛出这样一个问题：一部看上去粗糙的小说，凭什么具备久远而深刻的、打动人心的力量？答案，或许就在这里。

# 底层青年的"逆袭"

金理讲路遥《人生》

一

《人生》的故事发生在20世纪80年代早期。

主人公高加林高中毕业后回村当上了民办小学教师，他满意于这个既体面又能实现个人才华的工作岗位，但很可惜因为大队书记以权谋私，高加林下岗了。

在这段失意期间，他与村里善良的姑娘刘巧珍相恋。不久机遇再次垂青，高加林重新回到城市，有了新的工作，他背叛了巧珍，和城里的女孩黄亚萍发展出恋情。然而命运弄人，高加林因为被人告发又重新被打回农村。

自《人生》发表之后，关于高加林这一人物的讨论就掀起热潮：这是一位新时代的陈世美，自私的利己主义者，抑或是失败却让人同情的奋斗者，成长中的农村新人、知识青年……

其实，路遥和高加林有着感同身受的焦虑：他们出身于农村，是"血统农民的儿子"（所谓"血统农民"是指祖祖辈辈都是"面朝黄土背朝天"的农村人），可是远方世界早就激起了他们的好奇心和欲望，然而严格的户籍制度限制人口在城乡之间流动，也就是说，非农业社会根本无法接纳这些满腹才华又理想远大的青年人。高加林的性格和选择应该放在这样的出身背景和时代背景中来理解。

小说一开始，高加林民办教师的工作岗位被大队书记的儿子抢占了，高加林失业下岗，将这个悲惨的消息带回家中。

当受到屈辱的时候，高加林和其父高玉德老汉有着完全不同的反应，显现出历史进步性：高玉德苦苦劝说高加林不可轻举妄动，这种劝说浓缩了数千年来小农经济条件下农民的生存智慧——哪怕丧失尊严的底线，也要维持现世安稳；而高加林拒不认同这种方式，以强硬的姿态显示自身利益的不可侵犯。那么，这种历史进步性表现在哪里呢？

我们知道，在改革开放之前的集体化时期，每个人的生涯受到制度性规范的限制，几乎没有选择空间。

比如，成分好坏决定着个人的政治前途；出生地限定了个人是城镇居民还是农村居民，显然这又和一系列的福利相关联；地区领导掌握着分配工作的大权；即使在日常生活中，穿戴什么、与谁约会、何时结婚等都有一套政治和意识形态的指导标准。

与此相对照，高加林形象的积极意义正显示出一种"进取的自我"的出现（阎云翔：《中国社会的个体化》），指年轻一代以精明的、律己的、积极主动的姿态来为自我发展开辟道路，为自我争取更多选择的可能，也愿意为此付出冒险的代价，投身未知的领域。当然这一"进取"姿态依然受到各种限制，但高加林具备了这种自觉性。尽管这一"进取的自我"要到20世纪90年代中后期开始才在社会上蔚为大观，但高加林显然预兆了先声。

## 二

如果说，高加林觉醒了的追求意识闪烁着时代光芒，那他的追求方式则映现了时代的阴影部分。接下来我们通过一个细节，看看高加林身上集中体现出的"负面性"。

大队书记以权谋私将高加林逐出校门，高加林自然要奋起反抗，但他选择的反抗方式却令人不安：他立即写出一封求告信给时任副师长、退伍后位居劳动局局长的叔叔……也就是说，当高加林遭到权势的打击之后，乞求更加强大的权势来与之抗衡，为自己出头。尽管这封信最终没有寄出去，但是高加林的再就业无疑是间接利用了与官员叔叔的裙带关系。

我们完全可以设想，借助这份裙带关系，高加林成了县委大院的通讯干事，但他获得这一职位的同时，是不是也有可能踢掉了另一个"高加林"呢？

从高加林这段下岗再就业的人生轨迹来看，不公正的制度、或者说腐朽的"人情政治"没有终结反而不停在复制，而高加林对比完全默认、领会，甚至能娴熟操弄这套伎俩为自身利益服务。

高加林重回城市的短暂经历和在刘巧珍、黄亚萍之间的爱情抉择，是这部小说的重头戏。我们不妨由此切入分析。

几年前，有一部很流行的电视剧《北京爱情故事》，其中最让人过目难忘的是这样一个"关节点"：拜金女杨紫曦与她所依傍的富二代产生矛盾，决意与前男友吴狄重温旧梦。吴狄手握戒指在楼下等候，这时一辆宝马驰来，富二代跳出来，嚣张而自信地告诉吴狄：他只要上楼和杨紫曦说一句话，杨就会乖乖地跟他走……当杨选择重新投入富二代怀抱之后，吴狄伤心地把戒指投入湖中。目睹自己好友受辱的一幕后，站在一旁的石小猛大喊一声："我们应该让这个世界知道我们是谁！我们应该让他们知道我们能够干些什么！"

这是一个让人心潮澎湃的时刻：我们原以为"新人"由此诞生，"逆袭"的故事即将展开……可结果让人倍感绝望。因为所谓"逆袭",不仅是指底层青年"翻盘成功","逆袭"的要义在于"逆"这个字所宣泄出的冒犯、对抗和不认同,石小猛那句话原该表达的意思是:"你们"所掌控的游戏规则是"我们"不认同的,"你们"主导的"世界"也是"我们"不认同的,"我们"要在"你们"的"世界"之外,创造出另一个更加公平、正义和美好的"新世界"。

然而最终,石小猛全身心投入到他原先不认同的"世界"中,以更为娴熟的手法操弄原先为"他们"所掌控的规则来为自身牟取利益,甚至变本加厉。

这哪里是"逆袭"呢?

## 三

在批判了高加林一通之后,是不是可以再为高加林找回一些同情分呢?我们以下面这个情节来分析。

那天晚上,高加林和刘巧珍接吻,有了"第一次亲密接触",在短暂的意乱情迷之后,高加林马上开始懊悔,小说是这样描写的:

> 他后悔自己感情太冲动,似乎匆忙地犯了一个错误。他感到这样一来,自己大概就要当农民了。再说,他自己在没有认真考虑

的情况下就亲了一个女孩子，对巧珍和自己
都是不负责任的。

请注意，高加林后悔的内容有两点，而这两点在
他心目中是有先后排序的。

他首先意识到巧珍有可能拖累自己，"这样一来，
自己大概就要当农民了"；在警醒巧珍是其发展前途上
的障碍之后，他再后悔"没有认真考虑的情况下就亲
了一个女孩子"，有点不负责任。

通过这个细节，我们可以去触摸高加林的性格：
这是一个冷静而理性的人，步步为营，小心筹划，一
直在为自己的未来人生作规划，不断提醒、反省自己
不要走错。高加林这种冷酷而理性的性格，显然引起
争论。

也许感受到了舆论压力，路遥在一些场合曾经为
自己和凝结着自己人生经验的高加林辩护，他说："像
我这样出身卑微的人，在人生之旅中，如果走错一步
或错过一次机会，就可能一钱不值地被黄土埋盖；要
么，就可能在瞬息万变的社会浪潮中成为无足轻重的
牺牲品。"由此我们才能理解，为什么路遥会将柳青的
话作为《人生》开篇的题词——"人生的道路虽然漫长，
但紧要处常常只有几步，……你走错一步，可以影响
人生的一个时期，也可以影响一生。"

也就是说，在《人生》中，高加林的"官二代"同学们黄亚萍可以错、张克南可以错，唯独高加林是不能错一步的，他付不起这个代价，是没有办法挽回的。所以当县委机关的通讯干事这个机会闪现的时候，当黄亚萍描绘着两人未来的美好蓝图，走进他生活中的时候，高加林是不会拒绝的，唯有背叛巧珍。

这种冷静而理性的规划人生，在必要时舍得放弃先前所有的性格，在此后的青年形象中不绝如缕地出现，比如电影《致青春》中的陈孝正，他的名言是："我的人生是一栋只能建造一次的大楼，所以我错不起。"——这活脱脱就是我们这个时代中又一个"高加林"啊！当年在高加林那里还遮遮掩掩的生存法则，在陈孝正这里被演绎得淋漓尽致，那就是：在赤裸裸的"都市丛林"中，为达目的要有所牺牲，甚至不惜以"暗黑"的方式来确保不被淘汰出局。

从高加林到石小猛和陈孝正，这些底层青年和凤凰男，在没有其他经济资本和政治资本护佑的情况下，为了出人头地，只能一面承受伤害，一面施加伤害——真的没有其他路了吗？这个问题，留给大家去思考。

# 如何面对人的自然本性

金理讲王朔《动物凶猛》

一

　　熟悉王朔的读者，一提起他的作品，首先浮现在脑海中的肯定是那种充满京腔的叙述以及时不时逗人发笑的俏皮话。比如在《顽主》中，我们读到过这样的句子："草地上，开满鲜花，可牛群来到这里发现的只是饲料。"比如在《我的千岁寒》中，我们读到过这样的句子："某人说他不装，从来没装过，你赶紧上去记住他长什么样，你见到不要脸本人了。"

　　这是王朔作品最主要的语言风貌——嬉笑怒骂，看上去"一点正经没有"（这也是王朔的一部作品的篇名），却暗含着讽刺的力量。然而今天我们阅读的《动物凶猛》却是王朔作品中的特例。比如小说开篇这一段——

　　　　我很小便离开出生地，来到这个大城市，

从此再也没有离开过，我把这个城市认作故乡。这个城市一切都是在迅速变化着——房屋、街道以及人们的穿着和话题，时至今日，它已完全改观，成为一个崭新、按我们的标准挺时髦的城市。没有遗迹，一切都被剥夺得干干净净。

这里的语言是伤感的、沉郁的，我们也听明白了其中的感喟：被改变的不仅是城市空间，还有潜藏在城市空间中、真真切切的个人岁月。

再结合紧接下来的那句话"在我三十岁以后，我过上了倾心已久的体面生活"，似乎更是在暗示我们：虽然"我"现在成了成功人士，但在得偿所愿的过程中也丧失了很多，而这丧失的很可能才是最值得去珍视的东西，这就是一个人的青春，这就是激情涌动的少年梦想和纯洁烂漫的初恋体验。或者用作品改编电影后的名字来讲，那是一段"阳光灿烂的日子"。

甚至可以这样说，小说书写的那段日子里，肯定也有王朔的身影；这种迫切怀旧的心理需求，不仅来自小说中的"我"，也来自作家本人。所以我们刚才讲这部作品的特殊性就在于，与王朔的创作整体相比，《动物凶猛》的商业气息最少，属于作家为自己而写，也特别为其所珍视的作品。陈思和教授主编的《中国当代文学史教程》对《动物凶猛》有很高评价，我们下文的讲解，借鉴了这部文学史的精彩论点。

二

那么，"阳光灿烂的日子"里到底珍藏着什么样的生活呢？

那是"文革"特殊岁月里的夏天，主人公"我"十五岁，获得"空前的解放"，整天逃学，和部队大院的男孩们拉帮结派，抢着抽烟，"嘴里不干不净骂着脏话"，不过这些脏话"没有隐含的寓意，就为了痛快"。他们参与打架斗殴，也和骂脏话一样，只是为了发泄无处发泄的精力，图个痛快。他们在马路栏杆上坐成一排，"一边吃雪糕一边盯着过路的姑娘"……

请注意，王朔在叙述这些生活事件和状态时，经常会描写到阳光，比如："每个院落、每条走廊都洒满阳光，至今我对那座北洋时期修建的中西合璧的要人府邸在夏日的阳光照射下座座殿门、重重楼阁、根根朱柱以及院落间种类繁多的大簇花木所形成的热烈绚烂、明亮考究的效果仍感到目眩神迷和惊心悸魄。"——这里反复出现的、关于阳光的描写刻意在烘托一种明媚的、荷尔蒙涌动的氛围。

那是"文革"中的特殊岁月，政治和个人生活双重解放的状态下，"我"发展出一种恶习，用一把万能钥匙来打开别人家的门锁入室闲逛，由此得以进入米兰的房间，在馥郁的香气和明媚的阳光（请注意又是阳光，而且米兰的形象"犹如阳光使万物呈现色彩"）中见到了照片上的米兰，这个鲜艳夺目的女孩给"我"造成的巨大震撼立刻引发了一见钟情。

当黄昏时分从米兰家里出来，小说原文这样写道："那个黄昏，我已然丧失了对外部世界的正常反应，视野有多大，她（指米兰）的形象便有多大；想象力有多丰富，她的神情就有多少种暗示。"于是"我"鼓足勇气、想方设法和米兰结交，"像一粒铁屑被紧紧吸引在她富有磁力的身影之后"。"我"与米兰的这段交往呈现出一种含混的、交界的性质："我"对米兰当然是情窦初开，但是米兰只是把"我"当作弟弟；即便是"我"向米兰投射的情感，也既是单纯清白的亲密关系，又不乏富有暗示的性冲动。这种含混的关系令"我"无比欢悦，由此体验到人生中最初的巨大幸福与迷乱的情感，成为记忆中最宝贵、最不愿丢失的部分。

但是，接下来形势发生转变，出于某种炫耀的心理，"我"迫不及待地把米兰介绍给了大院里的玩伴们，尤其当米兰和"我们"这群人中最出类拔萃的高晋发展出更为亲密的关系后，"我"顿时感觉受到了伤害，伤害来自背叛，也来自一厢情愿式的初恋的脆弱。

这个事件导致了两大后果。一是米兰形象发生了近乎180度的翻转：此前她是明朗的、美好的、光彩照人，而现在变得"体形难看"、放荡下流，"我"不惜以刻薄的言辞当面嘲弄米兰。二是随着美好的初恋情感的消散，"我"的记忆出现了混乱与中断，不得不在叙事的中途停下来解释说："我感到现在要如实描述我当时的真情实感十分困难，因为我现在和那时是那么不同的两个人。记忆中的事实很清楚，毋须置疑，但如今支配我行为的价值观使我对这记忆产生深刻的抵触。强烈感到这记忆中的行为不合理、荒谬，因而似乎并不真实。"

因为感情的受伤和初恋的一去不返，仿佛原先阳光灿烂的回忆世界开始被阴影吞噬，随着阴影面积的逐渐增大，"我"的叙事终于走向了崩溃："现在我的头脑像皎洁的月亮一样清醒，我发现我又在虚构了。……我一直以为我是遵循记忆点滴如实地描述，……可我还是步入了编织和合理推导的惯性运行。……我像一个有洁癖的女人情不自禁地把一切擦得锃亮。"

叙述者"我"极不情愿地道出真相，原来他与米兰的恋爱故事完全是自己伪造出来的，事实是他和米兰从来就没熟过，只是那年夏天"我看到了一个少女，产生了一些惊心动魄的想象。我在这里死去活来，她在那厢一无所知。后来她循着自己轨迹消失了，我为自己增添了一段不堪回首的经历"。

于是这里打开了两个完全不同的记忆大门：一边是真实的但不如人意、毫无传奇色彩，一边是伪造的却绚丽烂漫、入骨入髓……其实从读者的旁观立场来看，这两类记忆都在一定程度上符合情理。但是小说的叙述者"我"经过一番自我说服，还是放弃了真实而选择在虚构中完成整个探索记忆的过程。

三

那么，叙述者"我"为什么要公开这段情感记忆的虚构性质呢？

也许可以这样来理解："我"就是要以此来袒露出往事中照亮自身生命历程的阳光，那是"我"唯一能够借以自我原宥和自我慰藉的但却失而不复得的东西，所以才会不由自主地采取叙事上的冒险行为，"最终剥落故事所有的外在包装，包括故事本身，然后显露出来的便直接是一个少年在一个大而破的混乱时代里无所拘束的欲望和自由自在的情感"（陈思和主编：《中国当代文学史教程》第331页），这是小说中最打动人心的部分，对于人来说也是最值得去珍惜的。

不过，记忆的进化也为这部小说增添了反思性。

欲望来自人原始的自然本能，具有盲目性和破坏性，需要理性和文明的引导和规范。正像小说中所说的："这也类同于猛兽，只有关在笼子里是安全的可供观赏，一旦放出，顷刻便对一切生命产生威胁。"小说的题名"动物凶猛"可以联系这段话来理解。回到小说情节，当拆穿后的虚构再难以完满、美丽起来，"我"就如同闯出笼子的猛兽一般强暴了米兰。然而这并未导致性的满足，反而给少年的稚嫩心灵造成致命伤害。小说最后"我"在水里挣扎的情景，可以视作对"我"越界行为的惩罚。

如果从精神分析角度而言，坦诚地直面、正视创伤的根源，其实可以看作一种治疗的行为。在回忆当中，既看到了初恋的美好，也看到了美好当中所暗藏的如猛兽出笼一般的危险。另一方面，小说也是在引导读者，应该如何以一种健康的心态去面对人的自然本性，如果一味放纵或一味压抑，可能都会适得其反。

# 五四时代理想主义者的悲歌

## 郜元宝讲《倪焕之》

一

《倪焕之》是中国现代著名作家、教育家叶圣陶的第一部长篇小说,最初连载于 1928 年 1 月至 12 月的《教育杂志》。主人公倪焕之一心扑在教育上,相信"一切的希望悬于教育",他从城市到乡村,又从乡村来到大都市上海,工作重心始终是教育。《倪焕之》确实可算是一部"教育小说"。

然而教育只是《倪焕之》的外壳,其内在精神本质乃是忠实记录一个完整经历了五四运动的青年知识分子的心路历程。更准确地说,这部小说是借乡村和城市教育界的一隅,折射出五四运动后我国无产阶级开始登上政治舞台及其后一连串的六三运动、五卅运动、北伐战争、第一次国共合作破裂这一整个历史阶段的时代精神。

正是在这个意义上,茅盾写于小说发表次年的评

161

论文章《读〈倪焕之〉》盛赞这部长篇是旨在记录时代的气魄宏伟的创作；不同于五四时期常见的主观性太强的"即兴小说"，叶圣陶写《倪焕之》乃是尝试一种"'扛鼎'的工作"。

但茅盾对《倪焕之》又不甚满意，觉得它花了太多笔墨在教育之上，未能更充分地记录五四及其后一系列历史事件波澜壮阔的发展过程，尤其未能忠实记录这一系列历史事件对小说人物的深刻影响，以及这些人物反过来如何积极推动历史的进程，由此让读者通过文学的记录把握（甚至介入）历史前进的趋势和方向。茅盾认为《倪焕之》未能写出"新写实派文学所要表现的时代性"，虽然志在做"'扛鼎'的工作"，客观效果却并不理想，因此它还只能算是"'扛鼎'似的工作"，而并非真正完成了一次"'扛鼎'的工作"。

文学史上引用茅盾对《倪焕之》的评价，或许为了拔高作品，又或许考虑到引文的简练，往往将"'扛鼎'的工作"或"'扛鼎'似的工作"压缩为"扛鼎之作"。这就掩盖了茅盾对《倪焕之》的真实评价。

二

茅盾用所谓"新写实派文学所要表现的时代性"作标准来衡量《倪焕之》，这符合五四新文学主将（比

162

如茅盾本人所代表的主张"为人生"的文学研究会）对文学的基本要求,但落实到对《倪焕之》的具体评价,未必完全适合。

茅盾认为,一部长篇小说不仅要写出"时代空气"（某个时代整体的精神氛围和精神特点）,或曰"时代给与人们以怎样的影响",还要告诉读者"人们的集团的活力又怎样地将时代推进了新方向,换言之,即是怎样地催促历史进入了必然的新时代"。《倪焕之》共分三十个小节,茅盾比较满意前二十一个小节写倪焕之怎样在距上海不远的乡间（原型为叶圣陶的"第二故乡"甪直）热心办教育,对应的历史时间正好是五四前后,其中确有浓郁而清晰的"时代空气",读者也确实可以看出五四新文化浪潮怎样拍打着这个苏南小镇,怎样激励着青年倪焕之的心。茅盾不满意的是《倪焕之》后面九节,写倪焕之经过十年孤独的摸索,终于认识到"教育的更深的根柢:为教育而教育,只是毫无意义的玄语;目前的教育应该从革命出发。教育者如果不知革命,一切努力全是徒劳",所以从此以后,他要努力做一个"革命的教育者"了。茅盾极欣赏这一认识上的转折,但他认为小说的后三分之一并未像前三分之二那样真实丰满地写出倪焕之如何做"革命的教育者",他只是碰到一点革命浪潮的边沿,就在革命的第一个低潮期彻底失望,也因此匆匆结束了自己刚刚三十岁的生命。所以茅盾才说，《倪焕之》未能告诉读者"人们的集团的活力又怎样地将时代推进了新方向，换言之，即是怎样地催促历史进入了必然的新时代"。

茅盾的这个要求实在太高了。伟大的革命家、政治家或许能预言和把握时代"新方向"与历史的"必然"。文学若能达到这个高度固然是好；倘若不能，也无损于文学的价值，只要文学写出了"时代空气"，写出了时代如何影响和塑造人们的心理，影响人们的性格。

就《倪焕之》而言，其文学价值就在于以五四及嗣后一系列社会运动、历史事件为背景，真实记录了"时代给与人们以怎样的影响"。具体地说，就是透过倪焕之这个活灵活现的人物形象，写出了以五四为核心的那个急剧变化的时代如何影响和塑造了像倪焕之这一类读书人的性格与心理，而后者一定程度上正代表了五四前后弥漫于中国大地的"时代空气"。

写活一个人，带出"时代空气"，这就是《倪焕之》的成功之处。所以我们要看倪焕之的性格与心理究竟是怎样的，由此呈现的"时代空气"又是如何。

这才是读《倪焕之》必须抓住的要害。

# 三

但恰恰这一点，恐怕不免要令许多的读者大感失望。

简单地说，倪焕之既不是把握了时代新方向和历史必然性的大智大勇的英雄人物，也算不上善于用新思想教育学生、影响社会的成熟老练的启蒙者，他甚至谈不上是一个懂得人情世故并具有相当生活能力的明达之士。一定要概括地描述倪焕之的性格与心理，或许只能说他是涌现于五四时期典型的仅仅拥有美好空洞的憧憬的那样一类真诚、狂热却又极其浅薄脆弱的理想主义者。

从登场亮相开始，直至患"肠窒扶斯"（伤寒）死于四一二反革命政变不久之后，他的特点就是除了抱持的理想之外，其他一切几乎皆空空如也，即再也没有任何别的什么可以帮助他实现这理想的主观的能力品质和客观的环境与条件了，所以他处处表现出一种纵然十分赤诚狂热却又十分浅薄脆弱的特点。

起初他的理想是教育救国。为了论证"一切的希望悬于教育"，他目中简直再也看不到别的什么可以救国的事业了，也确实显示了超越常人（主要是身边同事）的对于教育的那样一份热心。但究竟何谓理想教育？应该如何实施这理想教育？他并无具体的蓝图，只有一团美好的憧憬和与之匹配的狂热激情与献身精神罢了。他甚至比不上同样流于空想的另一位教育救国论者蒋冰如，后者作为一所乡间"公立高等小学"的校长，毕竟还撰写了一篇研究教育的长文（倪焕之也承认这篇长文"自己有个系统"），且广有资产，教书不为稻粱谋，不像倪焕之全家的生活所需全得仰仗他做教师的那一点薪水，经受不住一点风浪的颠簸。

既然进入教育界，就不仅需要具有献身教育的热情、对如何办好教育的理性认识，还需要懂得协调自己与周围环境（尤其同事们）的关系，并找到一套合宜的教学方式。在这些方面，倪焕之也显得脆弱而单薄。

比如在小学欢迎他的晚宴上，他毫不顾忌比他早来的那些资深同事们的感受，只跟校长蒋冰如惺惺相惜，一弹一唱，这样一开始就在同事关系上埋下了隐患。后来的故事情节证明，倪焕之在这所学校唯一的同志就只有蒋冰如，他根本不懂得如何跟其他的同事交朋友，大家一起切磋进步，一起合力办教育。

再比如学校要开辟农场，培养本来就生活在乡间的学生们对大自然和自己动手劳动的兴趣，在乡间人士看来这似乎有点多此一举，却不失为一种美好的教育理想。可当开辟农场遭遇地头蛇蒋士镳的刁难阻挠时，热心建农场的倪焕之一筹莫展。除了对蒋士镳表示应有的义愤之外，他还不如心里瞧不起的另外几个

166

知道如何向蒋冰如建言献策的同事。

有些家境优渥而顽劣刁蛮的学生自己不好好学习，还喜欢霸凌家境贫寒的其他同学，对这个现象，倪焕之自以为可以用"诚意感化"的方式来引导他们走上正路。他就像《狂人日记》中的狂人用达尔文、尼采的理论"劝转"自己的大哥不要"吃人"那样，向干了坏事的小学生拼命灌输一大套做人的道理，说得对方一头雾水，他还以为大功告成，以至于等到那些顽劣刁蛮的学生摸透他的脾气之后，"诚意感化"的教学法反而"把学生感化得善于作伪，无所忌惮"。他们一见倪焕之又要来"诚意感化"了，就假装被感动得热泪盈眶。倪焕之固然收获了虚假的成功，殊不知那班学生背地里嘲笑"那个傻子又被我玩弄一次了"。


四


倪焕之性格、心理的上述特点，还集中体现在他跟女朋友（后来成了他妻子）金佩璋的关系上。

两人一见如故，但双方交往，倪焕之始终只顾表现自己，很少顾及对方的处境与感受。在热恋阶段总是倪焕之夸夸其谈，把金佩璋当作一名听众。实际上，金佩璋并非一个甘愿只做听众的无脑"迷妹"。她固然欣赏倪焕之的学识和青春活力，但对倪焕之的许多想法和说法并非没有保留意见，只是在热恋阶段羞于说出来而已，就像她同样也羞于说出自己的许多独立的想法。他们两人写情书，就体现了两性交往的上述特点。倪焕之采用五四时期刚刚流行起来却尚未成熟的白话文直抒胸臆，毫无保留，金佩璋则采用稍稍经过改良的文言文，含蓄蕴藉，点到为止，许多内容需要对方细心琢磨才能领会。

两人的关系一开始就包含着令人担忧的变数。如果说倪焕之整个就是鲁迅《伤逝》男主人公史涓生的翻版，金佩璋则具有更加独立的思想意识，绝非第二个子君。佩璋既有子君对于自以为是的男子的包容，又有子君所不具备的对于自我的坚持。

果然进入结婚环节，大大小小的问题，诸如小家安在何处，如何与倪焕之的老母亲相处，婚礼和婚宴采取怎样的形式，邀请哪些宾客，所有这些都是金佩璋说了算，而倪焕之只是一味沉浸在对即将到来的"幸福的家庭"不切实际的幻想中，其他的事情他都随人摆布，坐享其成。一家之主似乎是倪焕之，但实际上的顶梁柱却是金佩璋。

尽管有性格、心理上的种种差异，倪焕之和金佩璋的蜜月还是十分符合倪焕之的理想。金佩璋从女子师范学院毕业，也来到倪焕之供职的小学做教师。他们既是夫妻，又是同事，果真把家庭生活和教学工作融为一体，旁人羡慕不已，他们夫妻也很是自豪。

但好景不长，金佩璋很快就怀孕了，也很快就完成了从乡村女教师到全职太太的角色转换。倪焕之尽管表面上欣喜于新生命的降临，但心里完全不能接受"有了一个妻子，但失去了一个恋人"的事实。他仍然处处以恋人的标准来要求已经做了妻子和母亲的金佩璋，结果当然对金佩璋处处感到失望，而他也只顾沉浸于自己的这种失望乃至怨恨的情绪，一点也不懂当妻子在角色转换过程中遭遇心理危机时应如何照顾、安慰、鼓励她。

好不容易挨过妊娠反应，接着被迫辞职回家，然后没日没夜地抚育新生儿，这期间金佩璋承受着巨大的精神压力，却得不到来自丈夫的一点点爱怜和抚慰。丈夫只知道抱怨和焦躁，抱怨妻子不像恋爱时那般可爱，长此以往夫妻之间的感情裂痕只会越来越深。金佩璋眼睁睁地看着自己的丈夫就这样怨天尤人，却不肯出手给予别人一点实际的帮助。好像家里被婴儿尿片挂成万国旗，夫妻之间缺乏交流，全是尚在哺乳期的年轻母亲的过错。

五

小说最后十节，写夫妻感情完全冷淡之后，倪焕之征得金佩璋的同意来到上海，仍然在一所女子学校当教师，但业余时间参加了如火如荼的五卅运动，用"有组织地干"代替了单纯的"教育救国"，从一种理想又跳到另一种理想。

但倪焕之还是那个倪焕之，其个性和心理并没有发生根本改变。四一二反革命政变不仅扑灭了上海工人运动，也沉重打击了刚刚投身新的理想的倪焕之。他很快又回到过去在教育界不得意时一度陷入的颓废消沉、借酒浇愁的生命低谷，不得不承认自己只有"脆弱的能力，浮动的感情，不中用，完全不中用！一个个希望抓到手里，一个个失掉了，再活三十年，还不是那样？"当严重的伤寒病即将夺走他的生命时，他才认识到自己唯一可依靠之人还是在乡下的那个被他鄙视和怨恨的妻子金佩璋。

五四开创了数千年未曾有过的崭新文化，而新文化最可宝贵的就是超越旧文化的关于中国未来的各种理想。但因为新文化在草创之初难免脆弱单薄，它所内含的理想主义也很容易被数千年积累下来的老"经验"和无数的老"经验家"所挤压、所嘲讽、所丑化，以至于显得凌虚蹈空，稚嫩可笑。这就是倪焕之作为五四理想主义者的悲剧根源。

寡居多年的老母亲说倪焕之，"你有这么一种脾气，尽往一边想，不相信相传下来的老经验"。真是知子莫如其母！但小说作者并非用"相传下来的老经验"来贬低倪焕之"尽往一边想"的理想主义，而是希望新文化这个新生儿（也是早产儿）不断发育茁壮。年轻的知识分子如倪焕之为此不惜"掏出一颗心来给大众看"，或如倪焕之梦见的革命者王乐山"拉开自己的胸膛，取出一颗心来，让大家传观"。小说正是用这种自剖其心的方式来呈现五四一代理想主义者的真诚与盲目、激烈与脆弱、美好憧憬与残酷现实之间难以化解的矛盾。

小说《倪焕之》为五四理想主义者唱了一曲凄惨的挽歌，也提供了一份鲁迅所谓"抉心自食"的诊断书。它所能告诉读者的，就是蕴含在五四理想主义者悲歌中的简单而朴素的道理：只有正视矛盾，才有解决矛盾的希望；只有正视理想主义者本身的问题，才能真正有效地坚持新文化的美好理想。